AF540166

शिवानी

प्रख्यात कथाकार शिवानी का जन्म 17 अक्तूबर, 1923 को विजयादशमी के दिन राजकोट, गुजरात में हुआ।

शिवानी की पहली रचना अल्मोड़ा से निकलनेवाली 'नटखट' नामक एक बाल-पत्रिका में छपी थी। तब वे मात्र बारह वर्ष की थीं। इसके बाद वे मालवीय जी की सलाह पर पढ़ने के लिए अपनी बड़ी बहन जयंती तथा भाई त्रिभुवन के साथ शान्तिनिकेतन भेजी गईं, जहाँ स्कूल तथा कॉलेज की पत्रिकाओं में बांग्ला में उनकी रचनाएँ नियमित रूप से छपती रहीं। गुरुदेव रवीन्द्रनाथ टैगोर उन्हें 'गोरा' पुकारते थे। उनकी ही सलाह कि हर लेखक को मातृभाषा में ही लेखन करना चाहिए, शिरोधार्य कर उन्होंने हिन्दी में लिखना प्रारम्भ किया। शिवानी की पहली लघु रचना 'मैं मुर्गा हूँ' 1951 में 'धर्मयुग' में छपी थी। इसके बाद आई उनकी कहानी 'लाल हवेली' और तब से जो लेखन-क्रम शुरू हुआ, उनके जीवन के अन्तिम दिनों तक अनवरत चलता रहा। उनकी अन्तिम दो रचनाएँ 'सुनहुँ तात यह अकथ कहानी' तथा 'सोने दे' उनके विलक्षण जीवन पर आधारित आत्मवृत्तात्मक आख्यान हैं।

1979 में शिवानी को 'पद्मश्री' से अलंकृत किया गया। उपन्यास, कहानी, व्यक्ति-चित्र, बाल उपन्यास और संस्मरणों के अतिरिक्त, लखनऊ से निकलनेवाले पत्र 'स्वतंत्र भारत' के लिए शिवानी ने वर्षों तक एक चर्चित स्तम्भ 'वातायन' भी लिखा। उनके लखनऊ स्थित आवास—'66, गुलिस्ताँ कालोनी' के द्वार लेखकों, कलाकारों, साहित्य-प्रेमियों के साथ समाज के हर वर्ग से जुड़े उनके पाठकों के लिए सदैव खुले रहे।

निधन : 21 मार्च, 2003; दिल्ली।

दो सखियाँ

शिवानी

राधाकृष्ण पेपरबैक्स

राधाकृष्ण पेपरबैक्स में
पहला संस्करण : 2007
दसवाँ संस्करण : 2024

© शिवानी साहित्य प्रकाशन प्रा.लि.

राधाकृष्ण पेपरबैक्स : उत्कृष्ट साहित्य के जनसुलभ संस्करण

राधाकृष्ण प्रकाशन प्राइवेट लिमिटेड
जी-17, जगतपुरी, दिल्ली-110 051
द्वारा प्रकाशित

शाखाएँ : अशोक राजपथ, साइंस कॉलेज के सामने, पटना-800 006
पहली मंज़िल, दरबारी बिल्डिंग, महात्मा गांधी मार्ग, प्रयागराज-211 001

वेबसाइट : www.radhakrishnaprakashan.com
ई-मेल : info@radhakrishnaprakashan.com

बी.के. ऑफसेट
नवीन शाहदरा, दिल्ली-110 032
द्वारा मुद्रित

मूल्य : ₹199

DO SAKHIYAN
Short Stories by Shivani

ISBN : 978-81-8361-109-1

क्रम्

उपप्रेती

साइबेरिया के सीमांत पर बसे, चारों ओर सघन वन-अरण्य से घिरे, उस अज्ञात शहर में अपने किसी देशबंधु को ऐसे अचानक देखूँगी, यह मैंने स्वप्न में भी नहीं सोचा था। वह भी ऐसे व्यक्ति को, जिसके मृत्युभोज में चालीस वर्ष पूर्व बड़ी अनिच्छा से ही सम्मिलित होना पड़ा था। पति के पीपल पानी की प्रेतमुक्ति से मुरझाई रमा, दोनों घुटनों में सिर छिपाए स्तब्ध बैठी थी। उसकी आँखों का अश्रुउत्स ही शायद सूख गया था। एक बार भी उसने मेरी ओर आँख उठाकर नहीं देखा। सब सोच रहे थे, शायद मुझे देख उसकी अस्वाभाविक स्तब्धता रुदन की सहस्र धाराओं में फूट उठेगी—इसीलिए मुझे बुलाया गया था। जब से उस मनहूस दुर्घटना की खबर मिली है, लड़की एकदम बुत बनी बैठी है, न चीखी, न सिर पटका, न रोयी—बस, फटी-फटी आँखों से न जाने क्या देख रही है। उसके नाना यह कह मुझे स्वयं साथ ले गए, "तू चल बेटी, तू ही तो उसके बचपन की एकमात्र सहेली है। शायद तुझे देख दिल का गुबार निकाल ले।"

पर उसने मेरी ओर आँख उठाकर भी नहीं देखा।

"रमा!" मैंने भर्राए कंठ से उसे पुकारा और उसका हाथ थाम लिया।

"जो होना था सो हो गया बेटी, यही तो मैं इससे कह रही हूँ—जोर-जोर से रो-रोकर दिल का गुबार निकाल डाल!" उसकी विमाता बोलती चली जा रही थी, "किसने सोचा था मुझ अभागिन को यह दुर्दिन भी देखना पड़ेगा!" फिर वह आँखों पर आँचल धर सशब्द रोने लगी। उसकी विमाता का वह नाटकीय विलाप सुन मेरी हाड़मज्जा भस्म हो उठी थी। मैं जानती थी कि उसने मातृहीना निरीह रमा पर कैसे-कैसे अत्याचार किए थे। हाईस्कूल में प्रथम आने पर भी उसकी पढ़ाई रुकवा दी गई थी, दोनों वक्त का खाना

बनाना, झाड़ू-बुहारी, ढेर-के-ढेर कपड़े धोना। महीनों से आ रहे उसके महीन ज्वर की भी किसी को चिंता नहीं थी। जितनी बार मैं उसे देखती वह मुझे पहले से और दुबली लगती। और फिर उसकी वह नित्य लगी रहनेवाली रहस्यमय खाँसी। और उन दिनों कुमाऊँ का कौन-सा घर ऐसा था जहाँ इसी खाँसी के बहाने क्षय का तक्षक घर की बहू-बेटियों की छाती पर चोर की भाँति सरकता, कुंडली मारकर नहीं बैठ जाता था!

एक दिन मैंने ही साहस कर उसकी कैंजा (विमाता) से कहा था, ''कैंजा, रमा का एक्सरे करवा दीजिए न एक बार। आप कहें तो मैं डॉ. खजान से बात करूँ, वे मेरे जीजा के मित्र हैं, फिर इसकी माँ को भी तो...''

''बाप रे बाप!'' भड़क उठी थीं कैंजा, ''क्या कहा, एक बार और तो कह! हाँ-हाँ, मुझे पता है क्या था उसकी माँ को। साल में छह महीने तो सैनेटोरियम में रहती थी। इसका एक्सरे कराऊँ, ऐसी मूर्ख नहीं हूँ मैं। कहीं माँ की बीमारी निकल आई तो कोई घास भी नहीं डालेगा इसे! वैसे ही क्या इसके विवाह में कम अड़चनें लग रही हैं!''

उनकी दृष्टि में रमा का सबसे बड़ा अवगुण था उसका दबा रंग।

''अरी पहाड़ के तो कौवे भी सफेद होते हैं। यह करमजली न जाने कहाँ से मडुवे की जली रोटी का-सा रंग लेकर जन्मी है। इसके साथ की सब लड़कियाँ तो गोद में बच्चे खिला रही हैं।''

''कैंजा, मैं भी तो इसी के साथ की हूँ। कहाँ हुई मेरी शादी?'' मैंने हँसकर कहा तो वे और भड़क गईं।

''बस-बस, अपनी बात क्यों करती है? तू तो पढ़ रही है अभी!''

रमा सात ही वर्ष की थी कि उसकी माँ की मृत्यु हो गई, कुछ दिनों ननिहाल में पली, फिर साल बीतते-न-बीतते विमाता आ गई। एक तो स्वभाव से ही रमा गम्भीर थी, न पहनने-ओढ़ने का शौक, न खेलने-खाने का। उस पर विमाता के अन्याय—पिता की सतत उदासीनता ने उसे असमय ही प्रौढ़ा बना दिया था। मैं ही छुट्टियों में घर आती तो उसे खींच-खाँच कभी कोई पिक्चर दिखा लाती। उन दिनों शहर में एक ही सिनेमा हॉल था। एक बड़ी-सी पोस्टर लगी हाथगाड़ी को जोकर की टोपी लगाए दो छोकरे हाथ का घंटा हिलाते-खींचते गुहार लगाते, ''आज शाम को, साढ़े पाँच बजे, मुरली मनोहर के पास मोहन टाकीज में अमृत मंथन—शांता आपटे, नलिनी तर्खड बी.ए.।'' साथ ही छपे पर्चे लूटने मुहल्ले-टोलों की भीड़ बेतहाशा उस मंथर

गति से जा रही गाड़ी के पीछे भागती। वहीं रमा को मैंने उसके जीवन का पहला चलचित्र 'अछूत कन्या' दिखाया तो उसकी बड़ी-बड़ी आँखें, आश्चर्य से फैलती उसके पूरे चेहरे पर फैल गई थीं।

"क्यों री, क्या यह सचमुच ही इतनी सुन्दर होती होगी?"

उसका कंठ अत्यन्त सुरीला था। यद्यपि कभी किसी ने उसे गाना नहीं सिखाया पर किसी भी गीत को तत्काल सीख ज्यों-का-त्यों दोहरा देने में उसे कमाल हासिल था। उन दिनों पहाड़ी लोकगीत का एक रेकॉर्ड बेहद लोकप्रिय था :

मार झपैका सुरम्याली
कौतिका लागो मार झपैका
मार झपैका, मैं के लै जाँण
दियो ज्यूहो मार झपैका।

(सुरम्याली का मेला लगा है, हे मेरी सासूजी, मुझे भी मेले में जाने दो न।)

रमा के वंशी के-से कंठस्वर में वह गीत एकांत में मैंने न जाने कितनी बार सुना था। "तेरी आवाज रेकॉर्ड में भरी जाती तो लोग इस रेकॉर्ड की गानेवाली को भूल जाते," मैंने कहा।

"चल हट!" मुझे क्या गाना-वाना आता है। तू कैंजा को सुन कभी, कोयल-सी टहूकती है, कितने गाने आते हैं उसे!"

"भाड़ में जाए तेरी कैंजा, दिन-रात तो तुझे जूतियों की ठोकर मारती रही है। एक तू है कि उसी के गुणगान गाती है!"

उसके मुँह से मैंने कभी कैंजा की निंदा नहीं सुनी। दो ही दिन पूर्व जलती लकड़ी से उसकी सुकोमल पीठ को दाग देनेवाली उस कर्कशा को मैं देख नहीं सकती थी। दोष भी क्या था कि दूध उबलने धर बेचारी रमा अचानक आ गई वर्षा में भीग रहे कपड़े उठाने चली गई थी, लौटी तो जरा-सा दूध उबलकर छलक गया था। फिर एक दिन सुना, रमा का विवाह तय हो गया, लड़का इंजीनियर है। रमा की रिश्ते की मौसी ने ही बताया तो मुझे आश्चर्य हुआ।

"कैसे यह सुमति आ गई उसकी कैंजा को? मैं तो सोचती थी कि अभागिनी को किसी दुहेजू के पल्ले ही बाँध देगी वह भूतनी।"

"अरी, इससे तो दुहेजू को ही ब्याही जाती," मौसी ने एक दीर्घश्वास

लेकर कहा, "संबंधों की तो लुटिया ही डुबो दी जीजा ने। आज तक कभी हम ऊँची धोतीवालों की ऐसी नाक नहीं कटी। एकदम गए-बीते खानदान में दे दिया छोकरी को। लड़के का बाप तो उप्रेती है, पर माँ के वंश में दोष है।"

"सच?"

"और नहीं तो क्या!"

आज से चालीस वर्ष पूर्व तत्कालीन ऊँची-नीची धोतियों की धोबी-पछाड़ ने तब न जाने कितनी सुयोग्य सुकन्याओं के हाथ से ऐसे वर्जित कुल-गोत्र के सुपात्र दूर छिटका दिए थे। पुत्री के लिए सुपात्र ढूँढ़ने प्रवासी कुमाऊँनी आत्मीय स्वजनों को पत्र लिखते तो एक पंक्ति अवश्य रहती–"अच्छा सुपात्र देखें, भले ही दरिद्र हो, पर संबंध अच्छे हों, आप तो जानकार हैं, जानते ही हैं कि हम ऊँची धोतीवालों के लिए 'द'-'च' वर्जित हैं।"

उधर विधाता भी उन दिनों जान-बूझकर ही एक-से-एक सुपात्रों की शिलावृष्टि उन्हीं कुलगोत्रों में कर रहा था। ऊँचे सम्बन्धों से सम्बद्ध होने की उत्कट लालसा ही शायद रमा का सौभाग्य-द्वार खोल गई। रमा का रंग भले दबा हो, पितृकुल का वर्ण था नौ रत्ती बावन तोले का, फिर वह हाईस्कूल पास थी, उन दिनों किसी उच्च कुल की कन्या का हाईस्कूल पास होना पहाड़ में उसका बहुत बड़ा गुण माना जाता था।

भले ही विमाता की सम्भावित कृपणता उन्हें शंकित कर रही थी, पर लड़की की ननिहाल अनूप शहर में थी। अनूपशहरी मामाओं की भात भरने की ख्याति तब दूर-दूर तक थी। उस पर दो मामा थे, दोनों ठेकेदार। बुद्धिमान दूरदर्शी उप्रेतीजी ने मन-ही-मन द्वितीय युद्धकालीन ठेकेदारी का खरा सोना कसौटी पर कस लिया था। उनके स्वयं तीन लम्बे-चौड़े, उजले चिट्टे, कामदेव-से ऐसे बेटे थे जिन्हें देख सचमुच भूख भागती थी–उमेश, महेश और दिनेश। कुमाऊँ की धरणी पुरुषों की कद-काठी में अधिकतर कार्पण्य ही बरतती है, पर उप्रेतीजी के तीनों सपूत तनिक-से लपकने पर ही आकाश के तारे तोड़ सकते थे। गोरा रंग, चौड़ा ललाट, तीनों की एक ही फौजी अन्दाज में बिच्छू के डंक-सी उठी ऊर्ध्वमुखी मूँछें और सब समय होंठों पर लगी कृष्णपक्ष के धूमिल चन्द्रमा-सी सीमित मिंची कृपण मुस्कान। दूर से देखने पर लगता, एक ही ठप्पे के तीन राजपुत्र चले आ रहे हैं।

जब विवाह हुआ तो पूरे शहर में जैसे सहसा आग्नेय गिरि फट पड़ा था। रमा के पिता को लगभग जातिच्युत ही कर दिया गया था, न कोई बरात की अगवानी में पहुँचा, न विदा में। मुझे भी जाने की अनुमति नहीं मिली थी, "खबरदार जो गई, टाँग तोड़ दूँगी!" अम्मा ने दो दिन पूर्व ही अपनी भयानक चेतावनी दे दी थी। यहाँ तक कि रमा के पिता के मित्र नाथशाह ने भी, जिनके साथ शतरंज खेलने में उन्होंने बीस वर्षों में भयानक हिमपात, उग्रवृष्टि की भी सदा अवहेलना की थी, मुँह फेर लिया। समाज के इस दण्ड से पांडेजी के प्राण कंठागत हो गए थे, उस पर पन्यानीजी ने उनका उठना-बैठना दूभर कर दिया था—"अभी दो-दो चिहड़ियाँ (पुत्रियाँ) हैं ब्याहने को। अब कौन ले जाएगा इन्हें? बाप जूठी पत्तल को चाट आया है, अब इन दोनों के लिए भी ढूँढ़ लो कोई ऐसा ही सुपात्र।"

रमा से विवाह के बाद मैं एक ही बार मिल पाई। खोद-खोदकर ही मैंने उससे उसके नवीन जीवन की अभिज्ञता उगलवाई थी। सास-ससुर-देवरों से भरे-पूरे परिवार में रमा की जमकर रैगिंग हुई है, यह मैं सुन चुकी थी। उसका श्यामवर्ण ही फिर उसका शत्रु बना था। "हमें छोटी बहन दिखाई गई और बड़ी को टिका दिया, नहीं तो हम क्या उल्लू थे जो जानबूझकर मक्खी निगलते?" उप्रेतीजी सबसे कहते फिर रहे थे। रमा का पति उमेश पत्नी की साँवली हथेली देखकर ही बिना मुँह देखे नौकरी पर वापस चला गया था। मैंने यह सब सुना तो अविश्वास नहीं हुआ। ऐसी ही एक अविश्वसनीय घटना तो स्वयं मेरी ननिहाल में घट चुकी थी। नानी से वह कहानी हमने न जाने कितनी बार सुनी थी। आज क्या कोई सोच सकता है कि कोई नववधू का अँगूठा ही देख, बिना चेहरा देखे उसका त्याग कर सकता है? नानी बताती थीं कि उनके भाई ने भी ऐसी ही मूर्खता की थी। कन्या-दान के 'गोठ' में पत्नी का साँवला अँगूठा पकड़ते ही भड़ककर उठ गए थे। पर नानी भी एक ही थीं, वे अधूरी बालिका वधू को अपने साथ लखनऊ ले आईं और एक ही वर्ष में यूनानी नुस्खों से उसे ऐसा सँवारा, ऐसा संदली-बादामी उबटन घिसा कि रंग निखर आया। फिर एक दिन अपने उसी भाई को बुलाकर कहा, "देख पहली बार भूल हो गई, इस बार रंग देखकर तेरे लिए एक सुन्दर लड़की ढूँढ़ी है, देखेगा?"

और उन्होंने देखा क्या कि लट्टू-से घूम गए, "अभी कर दे शादी, जिज्जी!"

काश मुझे भी वे नुस्खे आते!

बेचारी रमा को पति ने अस्वीकार कर दिया, पर ससुराल ने स्वीकार कर लिया। भला गऊ-सी सीधी, बिना वेतन की ऐसी महरी उन्हें कहाँ मिलती! थोड़े दिनों के लिए उसे मायके आने की मोहलत केवल इसलिए मिली थी कि पहाड़ में विवाह के बाद पहला काला महीना लड़की को मायके में बिताना पड़ता है। पर उस बेचारी के जीवन का तो अब हर महीना काला था। तब ही मैं उससे मिली थी।

"क्या तेरे पति ने सचमुच तेरा चेहरा नहीं देखा, रमा?" मैंने पूछा तो उसने कोई उत्तर नहीं दिया। तब लोग ठीक ही कह रहे थे कि उप्रेतीजी का बेटा अपनी पत्नी के कृष्णवर्ण से समझौता नहीं कर पाया और परित्यक्ता रमा उस सम्पन्न गृह में भी दासी की भाँति खट रही है। उसका चेहरा देखा होता तो वह ऐसी मूर्खता कभी नहीं कर पाता। नारी का सौन्दर्य भी दो प्रकार का होता है–या तो स्निग्ध और या फिर उग्र। रमा का आकर्षण उस छायादार वृक्ष का-सा था जिसके तले बैठ क्लांत पथिक भी अपनी क्लांति भूल-बिसर सकता था। तरल-स्निग्ध-काली भँवर पुतलियाँ, नुकीला चिबुक, लम्बी पलकें और ऐसा धीमा कंठस्वर कि दूर बैठी रहने पर मुझे उसकी बात सुनने सदा उसके निकट खिसकना पड़ता।

दूसरे ही वर्ष उसके देवर के विवाह का निमंत्रण मिला, मैं छुट्टियों में घर आयी हुई थी। उस बार उतना कठिन अंकुश भी नहीं था। समाज की गतिविधि भी कैसी विचित्र रहती है! मनुष्य के कठिन-से-कठिन अपराध को भी वह अन्त तक स्वीकार कर ही लेता है और अपराधी को स्वयं ही जमानत की उदार ढील दे मुक्त कर देता है। रमा के पिता के अपराध को भी समाज पूर्ण रूप से क्षमा कर चुका था। अब वे पूर्ववत् अपने शतरंज के अड्डे पर बैठने लगे थे। रमा को देखने के लोभ से ही मैं वहाँ गई थी। उसकी सास ने बड़े आग्रह से रोक लिया, "हम तुम्हें बिना रत्याली (रतजगा) देखे नहीं जाने देंगी–कल चार बजे तो बरात आ ही जाएगी। नयी बहू को देखकर ही जाना।"

दन्या चीनाखान की दक्ष महिलाओं के नृत्यगीत अल्पना की तो ख्याति सुनी ही थी, उस दिन देख भी लिया। केवल अँगुली के नैपुण्य से चित्रांकित प्रत्येक रेखा का क्या गजब का संतुलन था और कैसी अचूक सीध! शांति-निकेतन में नन्दलाल बोस की पुत्री गौरीभंज की जादुई अँगुलियों का चमत्कार

तो देखा ही था—जिसके पीछे कलागुरु पिता की शिक्षा, निष्ठा, अनुभव का दीर्घ इतिहास था। किन्तु कुमाऊँ की सरल, दस-बारह वर्ष की वयस में ही बहू बनकर आयी इन बड़ी-बूढ़ियों का कलागुरु था स्वयं विधाता।

मैं जिससे मिलने आयी थी, उसे इतनी फुरसत ही कहाँ थी कि दो घड़ी मेरे पास बैठती। कभी चाय के दर्जनों गिलास ट्रे में सजाकर बैठक में भेज रही थी। कभी मिठाइयों के थाल में चाँदी का वर्क लगा रही थी—"बहू, पान लगाकर कहाँ धरे हैं? रेजगारी की थैलियाँ कहाँ हैं? अठन्नियों की थैली निकालना जरा! नारियल कहाँ धरे हैं? वे क्या हमारे हाथ का पैसा ले सकती हैं? पैरों में नारियल धरना उनके!" एक बड़ी-सी थाली में रोली-अक्षत धर, रमा प्रत्येक ललाट को विभूषित कर अठन्नी थमाने से पहले संदिग्ध दृष्टि से देखती जा रही थी। कहीं एक बार तिलक मिटाकर दूसरी बार हाथ तो नहीं फैला रही हैं, चोट्टिन। नित्य की सकुची-सिमटी एक कोने में बैठी रहनेवाली रमा को मैं जितनी ही बार देख रही थी उतनी ही बार अवाक् हुई जा रही थी। लगता था लड़की पर किसी ने जादुई घड़ी फेर दी है। एक हाथ से कामदार लहँगे की भारी गोट सँभालती, बार-बार फिसल रहे रंग्वाली दुपट्टे को सिर पर साधती वह तकुली-सा नाच रही थी। उस पर रिश्ते की ननदों, देवरानी, जिठानियों के हँसी-ठट्ठे के नहले पर दहला दागती रमा क्या वही रमा थी जो कभी विमाता की एक घुड़की से सहमी केंचुए की-सी कुंडली में सिमट जाती थी! मैं समझ गई। उसने अपने मूर्ख पति का प्रेम निश्चय ही पा लिया था। उसी प्रेम ने उसके खोये सुप्त आत्मविश्वास को झकझोरकर जगा दिया था। मेरा अनुमान ठीक था, उस भीड़ के बीच मैंने उसे मौका देख निभृत एकांत में खींच ही लिया।

"क्यूँ री बड़े लड्डू फूट रहे हैं आज! लगता है सुलह हो गई, क्यों?"

उसके साँवले कपोल अनुपम व्रीड़ा के अबीर से रँग गए। उसने अपनी बड़ी-बड़ी आँखें झुका लीं, "कह गए हैं, इस शादी के बाद अपने साथ ले चलेंगे।"

"ला इसी बात पर दो लड्डू और खिला!"

रतजगे में तो रमा का अद्भुत अभिनय देख स्त्रियाँ लोटपोट हो गई थीं। थाल-सी नथ सँभालती सास ने बार-बार आकर उसकी नज़र उतारी थी।

"लगता है तुम्हारी बहू ने नैनीताल की डिकरी पातर से नाच सीखा है, दिज्यू," उसकी चचिया सास ने कहा और मुझे लगा, शायद ठीक ही कह

रही थीं वे, यद्यपि उनकी उक्ति व्यंग्य की प्रत्यंचा में तनी ही लग रही थी। किन्तु रमा जैसी सौम्या ऐसे गीत के साथ ऐसा नाच कर कैसे गई! उसका मधुर कंठ ढोलक की थपेड़ों के बीच मीठे मंजीरे-सा गूँज रहा था :

हमरे ससुर के
तीन-तीन बेटे
तीनों नक्शेबाज हैं
एक शराबी, एक जुआड़ी
एक कोठेबाज है।

हाँफती रमा मेरे ही पास आकर धम्म से बैठ घुँघरू खोलने लगी तो मैंने हँसकर उसे छेड़ दिया था, "क्या सचमुच डिकरी से नाच सीखा है री तूने?" डिकरी रमा के पिता के शतरंजी मित्र शाहजी की रक्षिता थी।

"हाँ," अपनी भुवनमोहिनी तिर्यक् दृष्टि से मुझे बींध उसने कहा, "डिकरी मौसी नानी की मुँहबोली बहन थीं। जब मैं नानी के पास रहती थी तो मैं खिड़की से छुप-छुपकर डिकरी मौसी को नंदादेवी के डोले के आगे रेशमी रूमाल लिये नाचती देखती थी। बस, देख-देखकर सीख गई।"

रात न जाने कब बीत गई, शास्त्रीय संगीत की गोष्ठी का समापन जैसे भैरवी से होता है ऐसे ही उस रतजगे का समापन हुआ था घोड़ी बन्ने से। क्लांत कंठों में अपूर्व जोश आ गया था :

बादल सा गरजता
मेहा सा बरसता
बिजली सा चमकता
आया री बन्ना
बन्ना तू मेरा हरियाला बन्ना
बन्ना तू मेरा शहजादा बन्ना।

जब सारी रात नाचती-गाती स्त्रियाँ फर्श पर कटी लाशों-सी निष्प्राण पड़ी सो रही थीं, मैं चुपचाप निकल आयी। मैं जानती थी कि जगने पर रमा मुझे बरात आने से पहले कभी नहीं जाने देगी।

अच्छा ही हुआ मैं चली आयी, क्योंकि वह भाग्यहीन बरात फिर कभी लौटकर नहीं आयी। रमा के ससुर के तीन-तीन नक्शेबाज बेटों में से एक भी फिर घर नहीं लौटा। पहाड़ में अट्ठारह वर्षों में ऐसी भीषण दुर्घटना कभी

नहीं हुई थी। आज तो हर तीसरे दिन, ऐसी न जाने कितनी बरातों को लेकर, बसों के खाई-खंदक में गिरकर पूरे वंश को मटियामेट करने के समाचार हम अखबारों में पढ़ते रहते हैं। पर तब के धर्मभीरु चालक पड़ाव के हर सर्पिलमोड़ पर स्थित देवालय पर श्रद्धा से सिर झुकाते थे, और फिर कुशल अनुभवी नटों की सतर्कता से पहाड़ी सड़कों की रस्सियों पर साँस रोके गाड़ी चलाते थे—किसका नशा और कैसी शराब! मजाल है जो हर मोड़ पर चरती बकरियों के झुंड में से एक भी मिमियाती बकरी बस के नीचे आ जाए!

बरातियों सहित नौशे-नयी बहू को लेकर वह बस हजारों फीट गहरी अंधी खाई में क्या गिरी कि विधाता ने उप्रेती वंश की बेलि ही जड़ से उखाड़कर दूर पटक दी। पितरों को पानी देने के लिए भी उस वंश में दूर-दूर तक मरद का एक बच्चा भी नहीं बचा, घने अंयार वृक्षों के उस जंगल में बस गिरी थी जहाँ वृक्षों की सघन छतरी के बीच छनकर भी कभी सूर्य-किरणों ने धरती का स्पर्श नहीं किया था। शक्तिशाली क्रेन भी होता तो शायद चूर-चूर हो गई उस बस के मलबे को उठाना तो दूर, उसे ढूँढ़ भी नहीं पाता। मैं जब गई तो रमा की ससुराल में मसानघाट का सन्नाटा था। एक ओर उसकी सास बेहोश पड़ी थी। दूसरी ओर नब्बे वर्ष की ननिया सास। एक ही रात पहले तितली-सी नाच रही डिकरी पातर की प्रतिभाशालिनी शिष्या रमा परकटी तितली-सी निष्प्राण पड़ी थी। उसके बाद, वर्षों तक मैंने उसे नहीं देखा। उसी की मौसी सात-आठ वर्ष बाद मिली और उसी ने बताया कि रमा सिर मुँडा, दीक्षा ग्रहण कर माँ आनंदमयी के आश्रम में चली गई है। जन्म से ही क्षुधातुरा मेरी सखी को छप्पन व्यंजनों का थाल मिला भी तो पहला कौर मुँह में धरते ही विधाता ने छीन लिया।

अच्छा ही किया उसने जो अपनी एक राह तो बना ली। कभी सुनती बनारस के आश्रम में है, कभी देहरादून और कभी नैमिषारण्य, जहाँ वह माँ के वाचनालय की देखभाल करती है। एक बार सीतापुर गई तो उसे ढूँढ़ती वहाँ पहुँच भी गई, किन्तु मेरे तृषार्त चित्त को ऐसा कुआँ मिला जिसका पानी कब का सूख चुका था। वह जब से आश्रम में आयी तब से ही आजन्म मौनव्रत-धारिणी बन गई थी। उस निर्विकार चेहरे पर मुझे इतने वर्षों बाद देखने पर भी आनंद की एक भी रेखा नहीं उभरी। यद्यपि मेरे आतिथ्य में उसने त्रुटि नहीं की। थोड़ी ही देर में मिट्टी के भाँड में दूध, केले के पत्तों में कुछ कटे फल लाकर एक संन्यासिनी हम दोनों के सम्मुख रख गई।

“माताजी अन्न नहीं खातीं,” उसी ने कहा, “आप कहें तो बाहर से कुछ मँगवा दिया जाए?”

नहीं, वे कटे फल भी तो मेरे गले के नीचे नहीं उतर रहे थे। जिसके विच्छेद ने उसे असमय ही बैरागिनी बना, सिर मुँडा हाथ में खप्पर थमा दिया था, वह दगदगाता मेरे सामने बैठा आश्चर्य से मुझे एकटक देख रहा था, जैसे कुछ-कुछ पहचान रहा हो। सामने वोदका की बोतल धरी थी और पार्श्व में थी अपूर्व सुन्दरी सहचरी—हलके नीले रंग की वेंकटगिरी साड़ी के ऊपर दामी भड़कीला रूसी शॉल, कानों में झूल रहे लंबोतरे साइबेरियन ऐंबर के लोलक झाड़फानूस की इन्द्रधनुषी आभा में लाल-पीले अंगारों-से दहक रहे थे। ओठों पर यत्नांकित गहरी लालिमा, आँखों के नीचे हरा प्रलेप—फिर भी उस लेप-प्रलेप की बखिया उधेड़ उस विस्मृत चेहरे को पहचानने में मुझे समय नहीं लगा।

यह तो नंदी है—वही जिसे ब्याहने वह बरात गई थी और फिर कभी नहीं लौटी। तब क्या किसी प्रेतशिला को दूर पटक इन दोनों की प्रेतछायाएँ ही मुझे ऐसे घूर रही थीं?

इस बार पार्श्व-संगिनी से कुछ कह वह व्यक्ति मेरी ओर चला आया, “क्षमा कीजिएगा, पहले मैं आपको पहचान नहीं पाया—एकदम ही बदल गई हैं आप!” वह खिसियानी हँसी हँसा।

“पर आप तो नहीं बदले, मैंने आपको देखते ही पहचान लिया, वह नंदी है न?”

उसका चेहरा फक् पड़ गया। मैंने आज तक किसी चेहरे में ऐसा आकस्मिक परिवर्तन नहीं देखा। क्षण-भर पूर्व का लाल दमकता चेहरा किसी मुर्दे के चेहरे-सा रक्तहीन पड़ गया। देखते-ही-देखते उस जानलेवा ठंड में भी उसके ललाट पर पसीना छलछला उठा, “आप उन्हें जानती हैं क्या?”

“जानूँगी क्यों नहीं? कभी हम तीनों एक ही थे—मैं, रमा और नंदी। पर शायद नंदी ने भी आप ही की भाँति मुझे नहीं पहचाना!”

“आइए, आइए, बहुत खुश होगी आपसे मिलकर। आज बड़े भाग्य से तो स्वदेश का चेहरा देखने को मिला है।”

मैंने देखा, उसकी पुष्ट सघन रेशमी मूँछों से लेकर सतर चाल के लटके की एक भी लखौरी ईंट नहीं खिसकी थी। आदमी है या लालकिला! किसी ताबूत में बन्द था क्या अब तक?

कहीं सचमुच प्रेत ही तो नहीं था अभागा!

मैं उठकर उसके साथ की मेज तक गई, ''नंदी, नहीं पहचाना मुझे?''

वह फिर भी मुझे उसी रिक्त दृष्टि से देखती रही। फिर उसने पहचान लिया, ''अरे, तुम यहाँ कैसे आ गईं? सच, नहीं पहचान पायी पहले, कैसी मूर्ख हूँ मैं। पर देख न, चालीस साल भी तो बीत गए और इन चालीस सालों में हम एक बार भी तो पहाड़ नहीं जा पाए। जाती भी तो क्या मुँह लेकर?''

वह सहसा उदास हो गई।

''पूरा वंश ही तो निर्वंश हो गया इनका। विधाता ने हम दोनों को न जाने कैसे बचा लिया! बड़ी लम्बी कहानी है। सुनाने को भी जी नहीं करता, लगता है फिर वही सब देख रही हूँ। वहाँ से सीधे यहीं चले आए थे। कुछ साल मास्को में रहे, अब यहीं बस गए हैं। पूरे पैंतीस साल बीत गए हैं यहाँ। मैंने तो कई बार इनसे कहा, एक बार घर चलो। कहने लगे, अब घर है ही कहाँ? अम्मा पहले ही हार्ट की मरीज थीं, उस आघात से बची होंगी अब तक? मैं कहती हूँ, जिठानी तो हैं, आखिर तुम्हारी भाभी हैं, तुम्हारी माँ की जगह ही तो हैं अब! भगवान् ने संतान तो दी नहीं, टिपुली-टापुली-से हम ही हैं दो प्राणी, उन्हें यहाँ ले आएँगे। पर ये मानें तब न!''

मेरा सिर चकराने लगा—यह क्या कह रही थी नंदी! मैंने कनखियों से देखा, उसका सहचर वोदका की पूरी बोतल रिक्त कर चुका था। उस उग्र आसव का उत्कट नशा उसकी आँखों में उतर आया था। न जाने किस उत्तेजना से वह दोनों हाथों से रिक्त बोतल को बजा रहा था। तब क्या उसने नंदी से विवाह कर लिया था? नहीं तो वह रमा को उसकी भाभी क्यों कह रही थी? तभी मैंने देखा, मेरे साइबेरियन मेजबान मुझे इधर-उधर खोज रहे हैं। मैंने उन्हें हाथ के इशारे से आश्वस्त किया कि मैं आ रही हूँ और उठ गई।

''मैं चलूँ,'' मैंने कहा।

''यह क्या, आप कैसे जा सकती हैं?'' वोदका का नशा उसकी लटपटी जबान पर उतर आया था, ''नो-नो, यू कांट—आज तो आप हमारी अतिथि होंगी।''

''नहीं, मुझे कल एक लेखकीय गोष्ठी में जाना है और फिर रात दो बजे की फ्लाइट से मॉस्को लौटना है।''

''नो-नो'' कहता उप्रेती अविवेकी अधैर्य से मेरा मार्ग अवरुद्ध कर खड़ा

हो गया, जैसे मुझे बाँहों में बाँधकर रोक लेगा। मैं बुरी तरह घबड़ा गई। आसपास की मेजों पर जुटे लोग हमें कौतूहली दृष्टि से देखने लगे थे।

"मुझे क्षमा करें," कह मैं बड़े कौशल से उस चक्रव्यूह से निकल तीर-सी छिटक गई।

रात-भर फिर उस बियावान होटल के मखमली गद्दे पर मैं अनिंद्र करवटें बदलती रही। बार-बार मुंडितकेशा, गैरिकवसना रमा के विषण्ण चेहरे की स्मृति मुझे विदग्ध करती रही। उप्रेती की सचेतन निष्ठुरता को मैं क्षमा नहीं कर पा रही थी। वह विधुर होता और दुर्घटना में मृत छोटे भाई की स्पर्शकातरा, अक्षत कौमार्य सेंतती विधवा को ब्याह लाता तो मेरे हृदय में उसके लिए श्रद्धा होती। पर यह क्या, रमा को जानबूझकर वैधव्य की मरीचिका में भरमा, उसे इस विलासपूर्ण जीवन को जीने का क्या अधिकार था? और विधाता का भी यह कैसा न्याय था कि विधवा सधवा बनी सौभाग्य का भरपूर सुख भोग रही थी, और सधवा वैधव्य का दारुण दुख झेल रही थी—एक थी मुखर, दूसरी मौन।

'संतान सुख तुम्हें मिल भी कैसे सकता था उप्रेती?' मैं मन-ही-मन कहने लगी।

नैमिषारण्य के उस अरण्य में स्थित पुस्तकालय में वेद-उपनिषदों से घिरी, सर्वस्व त्यागिनी उस गरीब की जबान भले ही न खुली हो; भले ही उसने आजन्म मौत व्रत धारण किया हो—उसकी अंतरात्मा की फरियाद तो ऊपर की अदालत तक पहुँची ही होगी। क्या तुम जानते हो उप्रेती, कि तुम्हारी तथाकथित मृत्यु के उस भ्रामक आघात के बाद उसने कभी अन्न का स्पर्श भी नहीं किया? असंख्य निर्जला एकादशियों के कठोर व्रत ने उसे अपर्णा बनाकर रख दिया है। उस कंकाल के किस अँधेरे कोटर में, कौन-सी धड़कन ने उसे अब तक जीवित रखा है? शायद अब भी अभागिनी तुम्हारे संभावित प्रत्यावर्तन का निष्कंप प्रदीप जलाए बैठी है कि तुम्हारी देह तो मिली नहीं, क्या पता तुम कभी लौट ही आओ! काश, मैं उससे यह सब कह पाती!

दिन-भर मैं इधर-उधर गोष्ठियों में भटकती रही, संध्या को होटल में लौटी। फ्लोर क्लर्क से चाबी लेकर मैंने कमरा खोला, भीतर पहुँचते ही खिड़की खोल दी। हिमशीतल हवा का झोंका सहसा विजना-सा डुला गया। तीव्र स्रोता, असीम शक्तिशालिनी नदियों का देश है साइबेरिया। इसी से वहाँ की हवा

का हर झोंका पानी से भीगी खस की टट्टी की बयार-सा मधुर लग रहा था—जबकि बार-बार होटल की एक स्थूलकाया आनंदी कर्मचारिणी मुझे इशारे से चेतावनी दे जाती थी कि मैं भूलकर भी खिड़की न खोलूँ। फिर वह उसी कुशल मूकाभिनय से, स्वयं अपनी गदबदी कलाई, दोनों घुटने थामकर मुँह बनाती जैसे उसे भयानक वातजनित कष्ट हो रहा हो—अर्थात् मैंने खिड़की खोली तो बर्फीली हवा मेरी भी वही अवस्था कर देगी। पर वह जाती तो मैं चट से खिड़की खोल देती। दीर्घ ड्राइव की क्लांति पलक झपकाते ही उस बयार के स्पर्शमात्र से दूर हो जाती। शायद जानबूझकर ही उस होटल की खिड़कियाँ बड़ी-बड़ी बनायी गई थीं कि आधुनिक भ्रमणार्थी दिगंत विस्तृत, विचित्रवर्णी, बहुदूरव्यापी वह अपूर्व दृश्य देख सकें।

साइबेरिया को जितना ही देख रही थी उतना ही उसका अपनी जन्मभूमि से साम्य मुझे मुग्ध कर रहा था। वह अनजान-अनचीन्हा शहर यूरिकुष्ट क्या एकदम अल्मोड़ा का आबेहूब दूसरा रूप नहीं था? पर्यटकों को जैसे हिमालय की माया रह-रहकर बाँधती है कि बार-बार वहाँ पर्यटक बनकर आएँ, ऐसे ही वह शहर भी मुझे बार-बार आने का मौन निमंत्रण दे रहा था। वहाँ का भूतत्व, सृष्टिरहस्य, जीवजंतु, उद्भिद, जलवायु सबकुछ ही तो कुमाऊँ जैसा था। यहाँ तक कि कर्मठ स्त्रियों के गोल गाल, गुलाबी चेहरे, कमर पर दोनों हाथ धर खड़ी हो तनिक बंकिम ग्रीवा कर, नवागत को देखने का कौतूहली अंदाज, रंग-बिरंगी छींट के प्रगाढ़ रंगों के प्रति लगाव, स्वस्थ दंतपंक्ति, गोदी में गदबदे शिशु—यहाँ तक कि कहीं-कहीं हाथ में ठेठ पहाड़ी चिलम गुड़गुड़ाते वृद्ध भी मुझे एकदम स्वदेशी लगे। पुरुषों की वैसी ही अलस दिनचर्या—कहीं शतरंज, कहीं ताश; और स्त्रियों की वैसी ही कर्मठता जिसका सटीक वर्णन कुमाऊँ के गजेटियर में पढ़ने को मिलता है। वहाँ की सर्पिल पगडंडियाँ, वहाँ का प्रभात, मध्यान्ह, संध्या, ज्योतस्नाप्लावित रात्रि, प्रखर ग्रीष्म में भी तुषारावृत शीत का समावेश सबकुछ ही तो एक-सा था। यहाँ तक कि वहाँ की विश्वविख्यात बेकाल झील की नील-हरित द्युति झलकाता जल भी मुझे ऐनमैन नैनीताल की झील का-सा ही विचित्रवर्णी लगा था। दोनों की ही अतुल जलराशि में विधाता ने मुट्ठियों-भर नीलम-पन्ना बिखेर दिए क्या!

सहसा घंटी सुनकर मैं चौंकी। मेरे पास के कमरों में चीनी संगीतकारों का एक दल टिका था। कई बार उनमें एक-न-एक अपना कमरा समझ मेरे कमरे

की घंटी बजा जाता। और कौन हो सकता था इतनी रात को? मेरी फ्लाइट जाने में पूरे आठ घंटे बाकी थे। किसी कारणवश निर्धारित उड़ान उस दिन स्थगित कर दी गई थी। मुझे तड़के ही मंचूरिया से आ रही फ्लाइट से जाना होगा—मेरे मेजबान आकर मुझे स्वयं सूचित कर गए थे। तो अब कौन आ सकता था?

मैंने द्वार खोला तो सहसा सहम गई। हँसता उप्रेती बिना मेरी अनुमति की प्रतीक्षा किए बड़ी अंतरंगता से भीतर चला आया।

''क्षमा करें, आपको असमय परेशान किया, पर न आता तो फिर आपसे भेंट न हो पाती।''

''बैठिए,'' मैंने कुर्सी खींच दी, ''आप अकेले?'' मैंने पूछा।

''जी हाँ, जो कुछ कहने आया हूँ, वह अकेले ही कहना ठीक लगा।''

मन-ही-मन एक अकुलाहट मुझे अपदस्थ कर उठी—कौन-सी बात कहने आया होगा?

''देखिए, आपने पता नहीं कल क्या सोचा होगा। नंदी ने बताया कि आई कुड नॉट कैरी माई ड्रिंक्स। सोचा स्वयं जाकर आपसे क्षमा माँग लूँ। ऐसा आज तक कभी हुआ नहीं। डिंक्स कैरी करने की मेरी अद्भुत क्षमता का लोहा तो मेरे रूसी मित्र भी मान चुके हैं। पता नहीं क्या हुआ, शायद आकस्मिक उत्तेजना ने ही नशे को उग्र कर दिया था। मुझे क्षमा करें, मैं बेहद शर्मिंदा हूँ।''

''इतनी-सी बात के लिए आप इतनी रात को इतनी दूर चले आए उप्रेती जी! फिर आपने तो कोई ऐसा अशोभनीय आचरण नहीं किया था। मुझे रुकने के लिए ही तो कहा था।'' मैंने कहा।

''नहीं, नहीं, मुझे नंदी ने सब बता दिया। मैंने बाँहें फैलाकर, बड़ी अशिष्ट अभद्रता से आपका रास्ता रोकने की चेष्टा की थी। आई ऐम रियली सॉरी, मैडम।''

''आप बैठें, मैं कैफेटेरिया से दो कप कॉफी ले आऊँ। बेहद ठंड है।''

मैं कॉफी लेकर लौटी तो देखा उप्रेती मोहाविष्ट-सा उसी मुद्रा में आँखें मूँदे चुपचाप बैठा है, जिसमें जाते-जाते मुड़कर मैंने उसे देखा था।

''लीजिए, कॉफी ही मिली, वह भी बिना मलक्का (दूध) के,'' मैंने हँसकर गांभीर्य के कुहासे को उड़ाने की चेष्टा की।

''सुनिए।'' वह कहने लगा, ''मैं आपसे एक अनुरोध करने आया हूँ,

आपने कल जो कुछ देखा है, प्लीज भारत लौटने पर उसे अपने ही तक सीमित रखें।''

''क्या देखा है मैंने?'' अनजान बन मैंने पूछा।

''नंदी को, मुझे—वही सब,'' अचानक प्याला मेज पर धर उसने निरीह मस्तक ऐसे झुका लिया जैसे कोई जघन्य अपराध किया हो। ''रमा आपकी बालसखी रही है, वह मुझे सब बता चुकी थी। आपकी सहानुभूति निश्चय ही उसके साथ होगी। पता नहीं मुझे क्या समझ रही होंगी आप! पर मैं आपको अपना बयान भी सुनाना चाहता हूँ। दोष मेरा था या नंदी का या नियति का—आप स्वयं फैसला करें।''

मैं सोचती हूँ—बेचारा उप्रेती! यदि वह जानता कि मैं कहानी लिखती हूँ तो शायद वह मुझे यह कथानक नहीं थमाता। कौन ऐसी मूर्ख लेखनी होती जो ऐसा दुर्लभ कथानक पटापट टेप न कर लेती? किंतु इतना संयम मैंने अवश्य बरता है—जब तक मुख्य पात्र मंच से, नेपथ्य में कभी न लौटने के लिए विलुप्त नहीं हो गए, मैंने कुछ नहीं लिखा। रमा के इसी ज्येष्ठ में देहत्याग का दुःसंवाद मुझे उसका एक शिष्य थमा गया, ''माताजी नहीं रहीं। यह आपको देने के लिए कह गई थीं।'' एक दीमक-खायी जीर्ण पीली पुस्तक 'वेदत्रयी', एकमुखी रुद्राक्ष की जपमाला और मेरे ही हाथ का बना चमड़े का बटुआ, जो कभी मैंने उसे शांतिनिकेतन से भेजा था। खोला तो उसमें दो चित्र थे—एक उसकी गुरु माँ का, दूसरा उप्रेती का पीला पड़ गया चित्र। समझ गई कि सुदीर्घ साधना के बीच भी अभागिनी के चित्त से उसके क्षणस्थायी सौभाग्य की स्मृति विलीयमान नहीं हो पाई थी।

मेरे लिए एक छोटा-सा पत्र भी था :

''अब तुम्हीं मेरी एकमात्र परिचिता बची हो। पहले, बहुत पहले दिया गया तुम्हारा उपहार तुम्हीं को लौटा रही हूँ। मन की एक अवस्था ऐसी भी होती है बहन, जिसका आविर्भाव होते ही महापुरुष का दर्शन हो जाता है। अपने जीवन में मुझे यह प्रत्यक्ष दुर्लभ अनुभव कई बार हुआ है। उसी अवलंब ने शायद अब तक जीवित भी रखा है। किंतु इस अवस्था को बार-बार ले आना तो प्रयत्नाधीन नहीं है। अब चारों ओर से उपद्रवों ने मेरा चित्त अशांत कर दिया है। एक हताशा मुझे निरंतर मृत्यु की ओर खींच रही है। स्वर्गगता

जननी के राजरोग ने मुझे बुरी तरह जकड़ लिया है। कई बार रक्तवमन कर चुकी हूँ। यह मैं समझ गई हूँ कि मेरे दिन अब पूरे हो चुके हैं। इसी से किसी ऐसे निभृत निर्जन स्थान में छिपकर उस आनंदमय मुहूर्त की प्रतीक्षा करना चाहती हूँ, जहाँ मृत्यु और मेरे बीच कोई तीसरा न रहे।''

यही हुआ भी, कनखल के सतीघाट-सा निर्जन स्थान भला उसे उस दिव्य मिलन के लिए और कहाँ मिल सकता था?

''नहाने में ही माताजी का पैर रपटा और तीव्र वेग में बह गईं। बड़ी दूर जाकर लाश मिली।'' शिष्य ने बतलाया। पर 'पैर' रपटा या स्वयं रपटाया गया?

वह जीवित होती तो मैं उसके जीर्ण हृदय को आहत करने की यह धृष्टता कभी न करती। मरे साँप को मारकर मुझे मिलता भी क्या? पाठकों की प्रशंसा और पारिश्रमिक का लोभ मुझे कदापि यह सब लिखने को प्रेरित नहीं कर पाता। किंतु वही नहीं रही। रहा उप्रेती, वह क्या कभी भारत लौट पाएगा? न ही इस कहानी के पृष्ठ उतनी दूर जाकर फड़फड़ा पायेंगे। उप्रेती के शब्द अभी भी कानों में गूँज रहे हैं :

मैं उस कालसर्प के डंक से अभी भी पलपल गला जा रहा हूँ। कहते हैं धामन साँप डंक देकर तत्काल प्राण नहीं लेता, वर्षों तक अंग-अंग सड़ा-गलाकर मृत्यु-दंड देता है। वैसा ही दंड मुझे गला रहा है। मैं उस डंक को जीवन भर नहीं भूल सकता। बरातियों से भरी बस उनके उल्लसित कलकंठ से गूँज रही थी। आत्मीय स्वजन, लाल दुशाला कंधे पर डाले मेरे पिता, पीला जामा पहने नौशा बना मेरा बाँका भाई, उसकी चादर की गाँठ से बँधी लाज से सिमटी नववधू, विशुद्ध घृत में बने पहाड़ी पकवानों की मीठी-मीठी सुगंध, काँसे के कटोरे में पीले कपड़े से बँधा नयी दुल्हन के मार्ग का नाश्ता, हमारी पारम्परिक चावल के आटे की बनी 'सै' जिसे पिता की नजर बचा हाथ डाल-डालकर मेरा छोटा भाई लगभग रिक्त कर चुका था—कुछ भी नहीं भूल पाया हूँ मैं। सब परम प्रसन्न थे। कन्यापक्ष ने अपने त्रुटिहीन आतिथ्य में दिल खोलकर रख दिया।

''अरे भाई ड्राइवर ज्यू,'' बाबूजी ने सहसा कहा, ''जरा जल्दी हाथ चलाना हो। चार बजे तक पुष्य नक्षत्र है। घर पहुँच उसी शुभ नक्षत्र में द्वारपूजा हो जाए तो बड़ा अच्छा रहे।''

''गुरु, पहुँचा तो एक ही घंटे में दूँगा, पर ये साली मछखाली का मोड़

बड़ा ऐबी है, इसी से स्पीड तीस से ऊपर नहीं जाने देता।''

कुमाऊँ मोटर यूनियन की वह दीर्घदेही बस पूर्ववत् गजगामिनी बनी चलने लगी। सहसा, उधर से एक मिलिटरी की बस बड़ी तेजी से आयी। उसी की टक्कर बचाने हमारे सतर्क चालक ने जो तेजी से गाड़ी मोड़ी तो एक सम्मिलित आर्त्तनाद और धमाके ने मेरी चेतना छीन ली। फिर क्या हुआ, कैसे हुआ, मुझे कुछ होश नहीं।

जब चेतना लौटी तो चारों ओर घुप्प अँधेरा था। घनी झाड़ियाँ और दैत्य-से लंबे-लंबे वृक्ष, साथ में मूसलाधार वर्षा। न किसी की चीख, न कराह, सुई भी टपकती तो नगाड़े का धमाका होता। चोट जितनी गहरी हो, उसका आभास उतनी ही देर में होता है, यह अनुभव मुझे जीवन में पहली बार हुआ। मैं उठकर खड़ा हुआ तो अपने ही रक्त की विचित्र गंध पाकर सहम गया। मेरी गीली कमीज वर्षा से नहीं, मेरे ही रक्त से भीगी है, मैं उस अँधेरे में भी समझ गया। पर कहाँ लगी थी चोट? तभी कंधे पर जैसे किसी ने बरछी घुसेड़ दी। तीव्र वेदना से मैं छटपटा उठा। हथेली धरी तो ताजे खुले घाव में अँगुलियाँ धँस गईं। मैं फिर बेहोश होकर वहीं पर गिर पड़ा। न जाने कितने घंटों बाद मेरी चेतना फिर लौटी। अव्यक्त विवश वेदना मुझे विक्षिप्त कर उठी। बाबू, महेश, दिनेश—कहाँ हो तुम सब? पर वहाँ था ही कौन जो उत्तर देता? अंधे की भाँति घने अँधेरे को चीरता मैं जिधर कदम बढ़ाता वहीं किसी निष्प्राण देह से टकरा जाता। सारी रात मैं मसान में भटक रहे अवधूत-सा ही भटकता रहा। पौ फटी, बाज बुरुंश के दैत्याकार वृक्षों को चीर, धीरे-धीरे उन असहाय लाशों पर फैलती सूर्य की किरणों ने रात की उस अस्वाभाविक चुप्पी का रहस्य खोल दिया। कहीं कटी टाँगें पड़ी थीं, कहीं कबंध-से मुंडविहीन धड़। वस्त्रों से ही एक-एक को पहचानता मैं बिलखता अपने दोनों भाइयों की क्षत-विक्षत देहों से लिपट न जाने कब तक बिलखता रहा। दोनों एक-दूसरे से ऐसे लिपटे थे जैसे आसन्न मृत्यु का स्पष्ट आभास था—एकसाथ ही उसका वरण करने मौत की उस घाटी में कूद गए हों।

मैंने फिर साहस कर एक-एक निष्प्राण देह की गिनती की। क्या पता कोई अब भी बच गया हो। बार-बार गिनने पर भी मैं इकतीस निर्जीव देहों की ही पुष्टि कर पाया। बस-ड्राइवर सहित हम तैंतीस वरयात्री थे—तब वह कहाँ गई? बड़ी देर तक ढूँढ़ने पर भी जब नववधू की देह मुझे नहीं मिली तो मैं थककर बैठ गया। मेरा सिर भन्ना रहा था। आँखें स्वयं मुँदी जा रही

थीं—क्या यही मृत्यु थी? कंधे का घाव शायद बहुत गहरा था, रक्त से सने मेरे वस्त्र, मेरी देह पर ही सूख चले थे। अब केवल घाव की चिलक बाकी थी।

धप-धप! वर्षा रुक गई थी। सबकुछ निःस्तब्ध था, सब अचल। सचल थी केवल मेरे हाथ की घड़ी—टिक-टिक-टिक-टिक। लगता था नयी बहू बस के भीतर ही कहीं कुचल गई थी। किन्तु बस को देखकर लगा, यदि ऐसा ही था तो उसके जीवन की आशा करना व्यर्थ था। फिर भी मैं साहस कर बढ़ा। मेरा अनुमान ठीक था। एक क्षीण कराह का शब्द सुन मैंने टूटकर टिट्टर बन गए बस के द्वार को तोड़ा। अपने कंधे के घाव की तीव्र पीड़ा से मैं तिलमिला उठा। फिर मैंने कैसे उसे निकाला, यह बताने में मैं आज भी सिहर उठता हूँ। जब अंतिम बार शरीर की समस्त शक्ति लगाकर उसे बाहर खींचा तो मेरे कंधे के घाव से रक्त का फव्वारा-सा छूट गया। उसके रक्तरंजित निष्प्राण चेहरे को देख मैंने आँखें बंद कर लीं। वह बीच-बीच में कराह रही थी। उसके चेहरे का रक्त, उसके किसी घाव का नहीं, मेरे ही कंधे के घाव का है, यह तो बड़ी देर बाद समझ में आया। आश्चर्य था कि उस घातक दुर्घटना ने केवल बुरी तरह छिली कुहनियों के और कोई भी चिह्न नहीं छोड़ा था। उसे कंधे पर लाद उस भयानक परिवेश से मुझे दूर ले जाना होगा, क्योंकि जिस वीभत्स मुर्दाघर को देख मैं पुरुष होकर भी सहम गया था, उसे देखकर वह फिर जीवित नहीं रहेगी।

वह स्थान और भी बियावान था। बड़े-बड़े, प्रहरी-से खड़े दैत्याकार देवदार द्रुम, अखरोट, स्यूँत के विराट् छतरीदार वृक्ष, उस पर सुनहली 'पिरुल' घास पर मेरे पैर ऐसे फिसल रहे थे जैसे पैरों में स्केट्स के गतिशील पहिये बँधे हों। एक पेड़ के नीचे मैंने उसे उतारा तो उसकी देह निःस्पंद थी। तो क्या वह बत्तीसवाँ मुसाफिर भी चल दिया? अब निश्चय ही मेरी बारी थी। कुछ भय से, कुछ प्यास से, मेरी जीभ तालू से ऐसी चिपक गई थी कि चेष्टा करने पर भी मैं उसे छुड़ा नहीं पा रहा था, लग रहा था निरंतर कंठ में धँसी जा रही है। दूर-दूर तक कहीं पानी का नामोनिशान भी नहीं था। आदमी तो दूर, लगता था उस अरण्य में कभी कोई परिन्दा भी नहीं चहका होगा। मैंने उसे यत्न से नीचे धरा और पानी की खोज में निकल गया।

थोड़ी ही दूर जाने पर जलप्रपात का क्षीण आभास पा मैं बड़े उल्लास से बढ़ा। एक पहाड़ से वह झरना शायद मेरे लिए फूटा था। तिमिल के पत्ते

का दोना बना मैंने जलधार संचित की, ठंडे जल की कृपण धारा से हाथ-मुँह धोया, फिर कंधे के घाव को उस पहाड़ी प्रपात की मृत्युंजयी धारा में लगा दिया।

मैं पानी लेकर पहुँचा तो वह पूर्ववत् बेहोश पड़ी थी। निश्चय ही चोट गंभीर थी, ऐसी गुम चोट तो कभी घातक भी हो सकती थी। मैंने उसके कमनीय चेहरे पर जमा रक्त धोया, आँखों पर छींटे मारे, पर वह जैसे गहरी नींद में सो रही थी। जितनी ही बार उसे देख रहा था, भीतर-ही-भीतर मेरा कलेजा कोई उतनी ही बार मरोड़ रहा था। महेश होता तो कैसी शिव-पार्वती की-सी जोड़ी फबती इन दोनों की। बेचारी ने शायद पति का चेहरा भी कभी नहीं देखा होगा! रक्त का एक लम्बा-सा तिलक उसके ललाट से लेकर माँग तक चला गया था। मैंने धीरे-धीरे उस सूखे रक्त की रेखा को मिटाया, तो देखा कहीं कोई घाव नहीं था, मेरे कंधे का रक्त शायद उसके चेहरे को रक्तरंजित कर गया था। मैंने उसकी नाक के नीचे हाथ रखा, अधखुले होंठों पर उलटी हथेली धरी—नहीं, कहीं भी साँस नहीं थी। अब इस मुर्दा देह की चौकीदारी कर क्या लाभ? जैसे भी हो, अब मुझे अपने प्राण बचाने होंगे—अपने लिए नहीं तो हार्ट की मरीजा अपनी रुग्ण माँ के लिए, जो अपने वंश के निर्वंश होने का आघात कभी नहीं झेल पाएगी। मैं उठा, फिर न जाने क्या सोचकर, उसी ओढ़नी से उसका चेहरा ढाँपने झुका। तभी मुझे लगा, उसकी देह सामान्य स्पंदन से हिली—ओह उसमें प्राण शेष थे। अब मैं उसे उस जंगल में अकेली छोड़कर कैसे जा सकता था।

फिर एक लम्बी कहानी है मैडम, मेरे संघर्ष की, मेरे अंतर्द्वन्द्व की। मेरे विनिपात की, मैं क्या जानता था कि दूर बैठी अदर्शी नियति ठीक मेरी छाती पर अपना अचूक निशाना साध रही है? कभी पानी के छींटे मारता, कभी कँटीली हिसालू की झाड़ियों से हिलासू बीन उनका रस उसकी कठिनता से मिंची दाँती के बीच टपकाता। तीन दिन और तीन रात मैंने उसके सिरहाने एक ही आसन में बैठकर बिता दिए। चौथी रात को उसने आँखें खोलीं, माघ की हड्डी कँपानेवाली तीव्र बर्फीली हवा हमारी पसलियों को आरे-सा चीर रही थी। सहसा हिमपात होने लगा और आप तो जानती ही होंगी, पहाड़ी हिमपात गिरिकंदराओं को कैसी भयावह निःस्तब्धता से लील लेता है, न बिजली की चमक, न बादलों की गरज—केवल आकाश से कोई दक्ष अदृश्य धुन्ना रुई धुन-धुनकर बिखेर रहा था। शायद उसकी चेतना पूर्ण रूप से लौट आयी

थी। मैं कुछ कहता, इससे पहले ही वह ''मुझे डर लग रहा है। बहुत डर लग रहा है।'' कहती बच्ची-सी मुझसे लिपट गई।

आपसे गायत्री की सौं खाकर कहता हूँ, सारी रात जलसर्प के जोड़े-से लिपटे रहने पर भी किसी भी विकार ने मुझे भ्रष्ट नहीं किया। यौनताहीन उस आलिंगन में उसके ठंड से काँपते शरीर को अपनी देह का उत्ताप देने की ही मेरी निःस्वार्थ भावना रही थी।

रात-भर मैं यही सोचता रहा, उससे क्या कहूँ? कैसे कहूँ। तब स्वयं उसी ने मेरा कार्य सुगम कर दिया।

''क्या कोई भी नहीं बचा?'' वह उठकर बैठ गई। फिर बड़े ममत्वपूर्ण अधिकार से उसने अपना सिर मेरे कंधे पर धर दिया, ''आप भी न बचते तो मैं क्या करती! मेरा सौभाग्य बच गया! अब कोई यह तो नहीं कह पाएगा कि मैं अलक्षणी हूँ!'' मेरा कलेजा हिम हो गया—क्या वह बेचारी मुझे अपना पति समझ रही थी?

''सुनो, हमें अब यहाँ से बाहर निकलने की राह ढूँढ़नी होगी। यहाँ भूखे-प्यासे कितने दिन रह पायेंगे?''

मैंने कहा, ''हो सकता है जंगली जानवर भी हों यहाँ—शेर-भालू।''

''नहीं, नहीं।'' वह फिर थरथर काँपती मुझसे लिपट गई और उसने अपनी दोनों सुकोमल बाँहें मेरे गले में डाल दीं। उसी दिन शतमुखी विनिपात के प्रथम सोपान पर स्वयं नियति मुझे खड़ा कर गई थी।

दूसरे दिन पौ फटने से भी पहले वह चौंककर जग गई, ''कोई हमें ढूँढ़ने नहीं आएगा?''

''उनके लिए हम मर-खप चुके हैं। जिस गहरी घाटी में हमारी बस गिरी है, वहाँ क्या मनुष्य की दृष्टि भी पहुँच सकती है कभी? चलो हिम्मत करो।''

पूरे पन्द्रह दिन की उस सुदीर्घ विषम यात्रा ने हमारे प्राण कंठागत कर दिए थे। मार्ग-भर कोई जंगली फलों के पेड़ दिखते तो मैं लपककर ठोने में भर लाता। पैरों में छाले पड़ गए, कपड़े फटकर चिंदी-चिंदी हो गए।

यात्रा के अंतिम पड़ाव तक वह एकदम ही निष्प्राण-सी होकर गिर पड़ी। ''नहीं-नहीं, मुझे अब चलने को मत कहो, मैं नहीं चल पाऊँगी।''

मैंने उसे गोद में उठा लिया और जब आधी रात को टिमटिमाती बत्ती देखी तो पैरों में नयी शक्ति का संचार हो गया। डूबते को तिनके का सहारा मिला। निकट आने पर यायावर खूँखार तिब्बती लामाओं के भयावह अप्सू

कुत्ते हमें देखते ही जोर-जोर से भौंकने लगे, सजग लामाओं को हाथ में मशाल लिये देखा तो मेरा कलेजा काँप उठा। बचपन में माँ से सुना था ये तिब्बती हूण आदमखोर होते हैं, इससे पहले कि वे मुझसे कुछ पूछते, मैं अपनी पीठ पर लदे मोहक बोझ के साथ ही वहीं गिरकर मूर्च्छित हो गया।

पूरा महीना फिर उसी खेमे में न जाने कब और कैसे बीत गया। अच्छा ही था जो ऐसी सहृदय टोली की मेजबानी मिली जो न हमारी भाषा समझती थी, न हम उनकी। भाषा के व्यवधान के बीच वे समझ गए कि हम किसी भयानक दुर्घटना के शिकार हुए हैं। कुछ उनकी मृत्युंजयी तिब्बती जड़ी-बूटियों के चमत्कार ने, कुछ उनकी उग्रतेजी जौ की शराब 'च्युंग' ने और कुछ उनके निष्कपट स्नेह ने हमारे तन और मन दोनों के घाव एकसाथ भर दिए। जिस दिन हमने उनसे विदा ली, उस दिन हम स्वयं नहीं जानते थे कि हमारी नाव किस घाट लगेगी।

"नंदी, घर चलोगी?" मैंने उसी दिन उससे पूछा था।

"नहीं," वह रोने लगी थी। "लोग यही कहेंगे मैं अपया हूँ। आने से पहले ही सबको खा गई।"

"तब?"

"वहीं चलो जहाँ तुम्हारी नौकरी है। वह नौकरी तो मिलेगी न?" उसने बड़े भोलेपन से पूछा।

मैं उससे कैसे कहता कि नौकरी तो नहीं छूटेगी नंदी, पर तुम मुझसे छूट जाओगी। एक न एक दिन घरवाले हमारा अता-पता लगा ही लेंगे, फिर पूरा दफ्तर ही तो जानता है, मैं भाई की शादी में गया हूँ। वह दिन फिर क्या नंदी के लिए बड़े सुख का होगा?

मैं विवाहित न होता तो मैं नंदी के लिए सब परम्पराएँ तोड़ सकता था। आप तो जानती हैं हम कुमाऊँ के ब्राह्मणों में ऐसे विवाह आज तक कभी नहीं हुए। मैं नंदी का देवर भी होता तो शायद समाज से जूझ सकता था। पर मैं तो जेठ था जिसकी छाया भी छोटे भाई की पत्नी के लिए वर्जित है। यह क्या कर बैठा था मैं! वैधव्य के आघात से बचाने के लिए मैंने उसे जीवन के कैसे घातक मोड़ पर खड़ी कर दिया था।

मैं अपनी नौकरी पर नहीं गया। एक अनजान शहर में नियति ने मुझे एक फैक्टरी में नौकरी दिलवा दी। था तो मैं मेकेनिकल इंजिनियर। एक दिन मैंने उससे कहा, "नंदी, तुम्हें अपने इजा-बाबू की याद नहीं आती?"

उसकी रसीली मदमस्त आँखें छलछला उठीं, "उनके लिए तो मैं मर चुकी हूँ। इतने दिनों बाद गई तो भूत समझेंगे हमें।"

"ठीक कहती हो, नंदी।" मैंने उसे खींचकर गले लगा लिया था। "हम सबके लिए मर चुके हैं अब। भूत-प्रेत बनने में ही हमारा हित है, पर कोई आकर तुमसे कहे कि मैं तुम्हारा पति नहीं हूँ, मैंने तुम्हें ठगा तो?"

मेरा कलेजा उसके उत्तर की प्रतीक्षा में धड़कता मेरे कानों में बज रहा था, "तुमने तो कभी मुझे देखा भी नहीं था, नंदी।"

चट से उसने अपनी बताशे-सी सफेद हथेली मेरे होंठों पर रख दी, "खबरदार जो ऐसी अलच्छनी बात कभी होंठों पर लाए, नहीं देखा तो क्या हुआ, मुझे तो यही लगता है कि तुम मेरे इसी जन्म के नहीं, जन्म-जन्मान्तर के पति हो।"

अब आप ही बताइए, क्या मेरी नियति ही टप से उसके जिह्वा पर बैठकर नहीं बोल रही थी? फिर दयालु भाग्य हमें यहाँ ले आया—जहाँ पूरे चालीस वर्षों में हमारे अतीत ने, एक बार भूलकर भी हमारे गिरेबान में नहीं झाँका। नंदी का निष्कलुष हृदय कभी सपने में भी नहीं सोच सकता था कि जिसे वह अपना जन्म-जन्मांतर का जीवन सहचर मानती है, वह संसार का सबसे बड़ा प्रवंचक है, महा ठग! जिसने उसे ही नहीं छला, जिसने जन्मदायिनी सरला जननी को छला, गाय-सी सीधी उस निर्दोष पत्नी को छला, जिसे वह बार-बार अपने साथ ले जाने का आश्वासन दे आया था। आपसे यही अनुरोध करने आज आया हूँ, आपने हमें जीवित देख लिया है, यह किसी से न कहें, एकसाथ तीन-तीन जीवन नष्ट हो जाएँगे प्लीज।—कहता वह हृष्ट-पुष्ट व्यक्ति सहसा मेरे चरणों पर गिर पड़ा।

"क्या कर रहे हैं आप उप्रेतीजी, प्लीज उठिए। मैं वचन देती हूँ, किसी से कुछ नहीं कहूँगी।"

उसके आँसुओं से भीगे चेहरे की म्लान मूढ़ कांति सहसा देवदूत की-सी निष्पाप हँसी से उद्भासित हो उठी, "नहीं कहेंगी न, रमा से भी नहीं?" उसकी लाल डोरीदार आँखों में किसी नटखट बालक की-सी परिहासपूर्ण चपल लहर हिलोरें ले उठी।

"रमा से मिलने का प्रश्न ही नहीं उठता उप्रेतीजी। वह तो बहुत वर्ष पहले ही संन्यासिनी बनकर माँ आनंदमयी के आश्रम में चली गई। आपकी

माँ का देहांत तो दुर्घटना के दूसरे ही महीने हो गया था।''

उप्रेती के उत्फुल्ल चेहरे पर एक बार उदासी का मेघखंड छा गया। उसकी अंतरात्मा शायद फिर उसका गला घोंटने लगी थी।

फिर वह तड़ाक से उठ गया, ''मैं चलूँ, बड़ी रात हो गई है, नंदी भूखी बैठी होगी।''

जी में आया पूछूँ, ''और जो वर्षों से अन्न त्याग, तुम्हारे लिए भूखी बैठी है वह?''

पर मैंने उसे निःशब्द बिदा दी।

कहते हैं पहाड़ में किसी गर्भवती गृहिणी के प्राण प्रसव-पीड़ा ने तब ही ले लिये जब शिशु भूमिगत नहीं हुआ था। जब उसे घाट ले जाया गया तो चिता में धरने से पूर्व शास्त्रानुसार गर्भ की संतान को जननी वे विलग किया गया। जिस पुत्र संतान ने जननी के प्राण लिये थे, स्वयं उसमें प्राण थे—उसी पुत्र का नाम धरा गया उप्रेती अर्थात् 'उप प्रेती', नहीं जानती वह मात्र कपोल-कल्पना ही है या सत्य घटना। किंतु यदि सत्य घटना है तो यह धारणा और पुष्ट होती है कि इतिहास सचमुच अपने को दोहराता है। मैं स्वयं चक्षुओं से ही तो उस दोहराव को देख आई हूँ। जिसे मैंने देखा, वह भी तो 'उप प्रेती' ही था!

दो सखियाँ

निःस्वार्थ मैत्री की डोर शायद जीवन की दो ही अवस्थाओं में मनुष्य को बाँध पाती है—कैशोर्य में और वार्धक्य में, शैशव की धरणी मैत्री के अंकुर प्रस्फुटित होने के लिए बहुत कच्ची रहती है। यौवन हमें अपने ही स्वार्थ के प्रति सजग बना देता है—किससे की गई मैत्री कितनी फलप्रसू होगी? किस मित्र से हमें क्या लाभ होगा? यह सोचते-समझते जब हम प्रौढ़ होते हैं तो मैत्री की परिभाषा ही बदल जाती है। नाना अनुभूत तथ्य हमें धीरे-धीरे इतना स्वार्थप्रद बना देते हैं कि हमारा संसार केवल हमारी संतान तक ही सीमित रह जाता है। यहाँ तक कि कभी-कभी अपने उस पारिवारिक एकान्त में हम वर्षों से बिछुड़े और सहसा वर्षों बाद मिले किसी इष्ट मित्र की उपस्थिति को भी भार समझने लगते हैं। मैत्री के प्रगाढ़पन के दुहे शीतोष्ण जलरहित दूध की असली घूँट तो हमें वार्धक्य में ही मिल सकती है।

सखुबाई और आनंदी की मैत्री इसी अवस्था में परिपक्व हुई थी। दोनों के स्वभाव, व्यक्तित्व, रुचि, प्रदेश किसी में भी कहीं भी तो साम्य नहीं था। एक थी अकोला की, दूसरी उन्नाव की। एक प्रिंसिपल के पद से अवकाश ग्रहण कर स्वेच्छा से 'आश्रय' में रहने आई थी, दूसरी केवल पाँचवीं कक्षा तक पढ़ी थी, किन्तु गृहिणीय पद का अनुभव था विशद। उस महिमामय पद से समय से पूर्व अवकाश ग्रहण कर अनिच्छा से ही वहाँ आई थी। आनंदी जब 'आश्रय' में रहने आयी तो शरीर और मन दोनों से बुरी तरह टूट चुकी थी। उसकी दोनों बेटियाँ ही उसे पहुँचाने आयी थीं। सखुबाई बरामदे में बैठी चाय पी रही थी। वह मेस से अपनी चाय लाकर नित्य वहीं बैठकर पीती थी। बूढ़े-बूढ़ियों के उस कलरव में चाय पीना उसे कभी अच्छा नहीं लगा। उसने ही पहले कार से बेटियों का सहारा लेकर उतर रही आनन्दी को देखा

था। 'आश्रय' के कर्मचारियों ने उसका सूटकेस उतारा, स्काई बैग और टोकरी उसकी बेटियाँ थामे थीं। दीर्घांगी गौरवर्णी युवती उसकी बेटी रुक्मिणी थी, जिसकी चाल-ढाल, चेहरे-मोहरे से अहंकार पसीने-सा टपक रहा था। छोटी बेटी राधा बड़ी बहन से अपेक्षाकृत छोटे कद की थी। उसका रंग कुछ दबा था। किंतु व्यक्तित्व बड़ी बहन से भी अधिक दबंग था। बड़ी-बड़ी चपल आँखों से वह इधर-उधर देखकर बोली, "वाह, जगह तो बड़ी सुंदर है, है न अम्माँ?"

अम्माँ मेले में खो गई किसी सहमी बालिका-सी इधर-उधर देखती, बीच-बीच में खड़ी होकर साँस लेते सुस्ता रही थी। तब ही सखुबाई ने उसके देवशिशु के-से निर्दोष चेहरे को ठीक से देखा और उसे लगा ऐसी पीड़ित करुणदृष्टि उसने पहले कभी नहीं देखी। उसका सामान, दबंग ठसकेदार पुत्रियाँ, उनकी मर्सिडीज गाड़ी को देखकर ही वह समझ गई थी कि नवीन आगंतुका किसी समृद्ध परिवार से आयी है। वैसे भी 'आश्रय' मध्यम वर्ग या निम्नमध्यम वर्ग के बुजुर्गों का आश्रय नहीं था। गृह से निर्वासित या स्वेच्छा से इस वानप्रस्थी आश्रम में आने पर 600 रुपया प्रतिमाह देना होता था। उसी में खाना-पीना, लांड्री, दवा-दारू सबका खर्चा सम्मिलित था। 'आश्रय' का अपना डॉक्टर था, अपना गायनोकालोजिस्ट, अपना डेंटिस्ट और अपना औपथेमॉलोजिस्ट। डेंटिस्ट तो एक प्रकार से मुफ्त की तनख्वाह डकारता था। क्योंकि आश्रमवासियों में अधिकांश के मुँह पोपले थे या फिर वे डेंचर सहित ही आश्रम में आए थे। हाँ, आँखों के डॉक्टर बनर्जी बेहद व्यस्त रहते थे, क्योंकि हर पाँच में से चार बुजुर्गों की आँखों में या तो मोतियाबिंद उतर आया था या उतर रहा था। हिंदी, अंग्रेजी, मराठी, गुजराती, उर्दू पत्र-पत्रिकाएँ नियमित रूप से आती थीं। एक छोटी-सी लाइब्रेरी भी थी। प्रार्थना भवन था, जहाँ राम-लक्ष्मण-सीता के पंचायतन दरबार, शिव, हनुमान, बालाजी से लेकर गुरु गोविंद सिंह, साईंबाबा के बड़े-बड़े चित्र लगे थे। जिसकी जहाँ श्रद्धा हो वहाँ माथा टेके। एक आश्रमवासिनी वृद्धा अपनी मृत्यु से पूर्व रंगीन टी.वी. सेट भी खरीदकर अपनी बिरादरी को भेंट कर गई थी। प्रार्थना सभा से भी अधिक भीड़ अब वहाँ जुटती थी। दिन-भर की ऊबी-थकी बुजुर्ग बिरादरी कृषि कार्य के लिए नीरसतम कार्यक्रमों को उदरस्थ कर डकार लेकर ही सोने जाती थी।

एक सखुबाई ही उस भीड़ में कभी नहीं दिखती। उसे टी.वी. से एलर्जी

थी। जब पूरी भीड़ 'रामायण' के राम-रावण युद्ध को देख लोटपोट हो रही होती, वह अपने कमरे में पलँग पर लेटी बर्ट्रेंड रसेल की आत्मकथा पढ़ती– जिसे पिछले चार वर्षों में वह चार बार पढ़ चुकी थी। उसे लगता था वार्धक्य को किसी ने मनसा-वाचा-कर्मणा पछाड़ा है तो रसेल ने। देखा जाए तो उसी की लिखी पंक्तियों ने उसे संतान का मोह त्याग यहाँ आने की प्रेरणा दी थी। उन्हें उसने अपनी डायरी में उतारकर रख लिया था। कभी रसेल ने मित्र लूसी को व्यथित होकर पत्र लिखा था :

प्रिय लूसी,

जीवन तब दुर्वह हो उठता है जब तुम जिन्हें बहुत प्यार करते हो, वे सहसा तुम्हारी पकड़ से बहुत दूर चले जाते हैं। तुम समझ जाते हो कि अब उनके जीवन में तुम्हारा स्थान प्रथम नहीं रहा। तुम्हारा दर्जा सहसा दोयम हो गया है। साहस से इस समस्या का सामना करो। स्वयं अपने मोह से मुक्ति पाने की चेष्टा करो। मैं जानता हूँ यह बहुत कठिन साधना है। इस प्रयास में तुम्हारे स्वभाव में, व्यवहार में अस्वाभाविक कठोरता आ जाएगी। मन भी टूटेगा, शरीर भी। तुम्हारा जीवन केवल कल्पना और स्मृतियों का संसार रह जाएगा, जहाँ कर्तव्य से वास्तविकता कभी नहीं टकरा पायेगी। तुम स्वयं एक छाया-मात्र रह जाओगी। स्वयं अपने ही लिए एक अजनबी। किंतु इसका एक लाभ भी है। तुम्हारा अतीत सदा जीवंत रहेगा। मेरा दृढ़ विश्वास है कि जब तुम अपनी संतान के जीवन में दोयम दर्जे पर आ जाते हो, तो चाहे कितना ही कठिन लगे, केवल ग्रहण करने का माध्यम बने रहो–प्योरली रिसेप्टिव एण्ड पैसिव। अपनी राय तब तक न दो जब तक माँगी न जाये। जिनके आश्रित बन गए हो, उनके मूड को देखो, परखो, याद रखो कि अब तुम्हें अपने अधिकार माँगने का भी अधिकार नहीं रहा। यही दृष्टिकोण एक समझदार, सुलझी हुई जननी को अपने विवाहित पुत्र के प्रति सदा अपनाना चाहिए। यदि अपनी आत्मा को मृत्यु से हमें बचाना है तो इसी अग्नि-परीक्षा से बेदाग निकलना होगा...

यही सखुबाई ने किया था और कर रही थी। सात वर्षों की इस कठिन साधना में वह खरी उतरी थी। किंतु आनंदी अभी भी माया-मोह से विमुक्त नहीं हो पा रही थी। राजा सुरथ की भाँति उसके प्राण अभी उसकी प्रवंचक संतान में ही टँगे थे। किंतु ज्ञानपिपासु वैश्य की भाँति सखुबाई ने ही मुक्ति का मार्ग ढूँढ़ लिया था। टी.वी. पर 'रामायण' आने का समय होता तो आनंदी

बार-बार बाहर-भीतर जाने लगती। उसका मन होता वह भी उस आतुर भीड़ के बीच बैठ जाये, पर दबंग सखी को अप्रसन्न करने का दुस्साहस उसे कभी नहीं हुआ। एक ही दिन बड़े साहस से उसने दबी-जुबान से डरते-डरते प्रस्ताव रखा था, "चलोगी सखु? आजकल राम-रावण युद्ध चल रहा है।"

"तुझे जाना है तो जा मर, मेरा सिर मत खा। कभी राम के तीर की फुलझड़ी बुझी और कभी रावण की...अरी, क्या घर में ऐसे तीरों की नित्य की टकराहट से मन नहीं भरा तेरा?" आनंदी बेचारी मन मारकर बैठ जाती। बार-बार वह ललचायी दृष्टि से परदे की ओट से टी.वी. को देखती, पर कभी रावण की आधी मूँछ और कभी हनुमान की दिगंतव्यापी पूँछ ही उसके पल्ले पड़ती। 'आश्रय' में आने के पहले दिन ही सखुबाई आनंदी को अपने कमरे में ले आयी थी। जब से गुरुविंदर कौर गई, उसकी पलँग खाली थी। एक कमरे में दो ही पलँगें लगायी जाती थीं, पर इधर सहसा भीड़ बढ़ने से एक-दो कमरों में तीन-तीन पलँगें डाल दी गई थीं। किंतु सखुबाई के कठोर साहचर्य की सम्भावना से ही सब सहम गईं। क्रुद्ध नागिन के फन को भला कौन हाथ में लेती? एक तो वह प्रत्येक वस्तु के लिए एक स्थान और प्रत्येक स्थान के लिए एक वस्तु की उपादेयता में विश्वास रखती थी। फर्श, दर्पण-सा चमकता, बिस्तर में एक भी शिकन नहीं। जहाँ अधिकांश कमरों में अव्यवस्था गूदड़ रूप में साकार होकर पसरी रहती—सखुबाई अपने हाथों से गुसलखाना घिस-घिसकर चमकाए रखती, करीने से लगी पुस्तकें, एक सीध में रखा चश्मा, रुमाल, चप्पलें। आनंदी के भोले निरीह चेहरे को देख वह उसे अपने कमरे में ले तो आयी, पर उसे भय था कि कहीं वह उसके कमरे की शुचिता को म्लान न कर दे। किंतु आनंदी ने उसे निराश नहीं किया। वह उन्नीस थी तो आनंदी बीस। सखुबाई पैर की एड़ियों से ही किसी भी नारी का पूर्ण व्यक्तित्व भाँप लेती थी। उसका दृढ़ विश्वास था कि जो नारी अपने पैरों को स्वच्छ-सुघड़ रखती है उसके व्यक्तित्व के किसी ओने-कोने में मकड़ी का जाला नहीं लग सकता। आनंदी तड़के ही उठकर नहा-धो लेती, फिर अपने सन-से सफेद बालों का नन्हा-सा जूड़ा बना वह पहले अपने साथ तुलसी के गमले में पानी चढ़ाती, फिर सूर्य को पानी चढ़ाती और अपने लड्डू गोपाल की साजसज्जा में जुट जाती। उन्हें नहलाती, रोली, चंदन लगाती। गोटा लगा रेशमी झबला पहनाती। माथे से लगाती और फिर आँखें मूँद, आत्मविभोर हो मधुर कंठ से नित्य एक ही वंदना दोहराती :

भज गोविंदं भज गोविंदं
गोविंदं भज मूढ़ मते
पुनरपि जननं पुनरपि मरणं
पुनरपि जननी जठरे शयनं
इह संसारे खलु दुस्तारे
कृपयायारे पाहि मुरारे
भज गोविंदं भज गोविंदं

जपार्चन से कोसों दूर नास्तिक सखुबाई कभी झुंझला पड़ती, "अब बस गोविन्दं, बस गोविंदं! कब तक भजोगी अपने गोविंद को? क्या दिया है तुझे इस गोविंदं ने? बेटे-बेटियों से दूर इस काँजी हाउस में ही तो पटका है—मैं तेरी जगह होती तो दूर पटक आती इन्हें। लानत है ऐसे गोविंद पर..."

"अरे मास्टरनी, भगवान से तो डर। राम-राम! परलोक का क्या कोई डर नहीं है तुझे? देख, तू सत्तर की हो गई है। अभी तक तेरे कान-दाँत-आँख, हाथ-पैर सब सही-सलामत हैं, हाथ में पैसा है, यह सब क्या उसी ने नहीं दिया है तुझे?"

बहुत लाड़ उमड़ने पर वह सखु को मास्टरनी ही कहकर पुकारती थी और सखु उसे कहती थी डोकरी।

"डोकरी," सखुबाई हाथ की मोटी पुस्तक नीचे पटक, चश्मा उतार उसे एक बार फिर अपनी दलील से पराजित कर देती, "क्या दिया है जी उसने? हमने अपनी तंदुरुस्ती की खुद देखभाल की है, कभी शरीर पर अत्याचार नहीं किया, कुपथ्य नहीं खाया, समय को संयम से बाँधकर रखा है। इसी से सब अंग सही-सलामत हैं और पैसा? पूरे पैंतीस वर्ष नौकरी की है, वह भी ईमानदारी से। वही सेंता धन भोग रही हूँ। इसमें देनेवाला कहाँ से आ टपका?"

आनंदी एक दीर्घश्वास लेकर उठ जाती। आज तक कभी भी उसने, किसी भी वाद-विवाद में, अपनी उग्रतेजी सखी को पराजित करने का प्रयास नहीं किया था और कभी-कभी विनम्र विपक्षी का यही समर्पित पराभव सखु को बौखला देता। कैसी औरत है यह! लड़ना जानती ही नहीं!

रात के निभृत एकांत में आश्रमवासी अनिद्रा से त्रस्त हो बड़ी रात तक बेचैन करवटें बदलते रहते। किसी की बेसुरी गुनगुनाहट हवा में तैरती चली आती,

कभी सिगरेट का धुआँ। किसी को विलंबित खाँसी का दौरा पड़ता। कोई खटखट कर बरामदे में टहलता। सब ही तो वार्धक्य की देहरी पर खड़े थे और इसी देहरी के भीतर तो प्रायः ही निद्रा का प्रवेश वर्जित रहता है। वे दोनों सखियाँ भी बड़ी रात तक बतियाती रहतीं। उसी निद्राविहीन अवधि में सखुबाई पार्श्व में लेटी आनंदी को नित्य अपनी क्रूर प्रश्न-शलाका से कोंचती रहती :

"डोकरी, सो गई क्या? अरी, अभी तो बारह भी नहीं बजे—रो रही है न? किसकी याद आ रही है, रुक्मन की, राधा की या अपने लाड़ले बेटे की?"

"कौन हरामजादी रो रही है!" कभी-कभार ही कोंचे जाने पर ऐसे अपशब्द उस सात्विकी जिह्वा पर फिसलते थे, "मैं क्यों रोने लगी?"

किंतु चतुरा सखुबाई अँधेरे में भी उसके मौन रुदन को हथेली पर धरी-धरी जूँ-सा ही पकड़ लेती थी, "अरी जा, तब से फन्न-फन्न नाक सुड़क रही है। अच्छा बता डोकरी, घर से तुझे किसने निकाला, बहू ने या बेटे ने?"

"निकलें मेरे दुश्मन, कौन निकालेगा मुझे? मैं खुद चली आयी!"

"क्यों नहीं, क्यों नहीं, हम सब तो यहाँ खुद ही आए हैं पिकनिक मनाने, क्यों, है न?"

"देख मास्टरनी, मैं जप कर रही हूँ और तू बार-बार मेरा जप तोड़ रही है, देख नहीं रही है, हरदयाल बाबू भी बरामदे में टहलकर सोने चले गए हैं!"

'आश्रय' के सबसे पुराने सदस्य हरदयाल लोढ़ा की जीवनगाथा भी गुरुविंदर कौर की कहानी से कुछ कम करुण नहीं थी। जूट का यह लक्षाधिपति व्यापारी देखते-ही-देखते कंगाल हो गया था—कभी कलकत्ते में उसकी चार-चार कोठियाँ थीं। दर्शनीय व्यवसाय, कुशल जवान बेटा था, बेटी थी। पहले एयरक्रैश में बेटा गया, फिर पत्नी को पुत्र-शोक ने पागल बना दिया। छत से कूदकर उसने आत्महत्या कर ली। पुत्री को लाखों का दहेज देने पर भी जामाता आए दिन रकम उघाने उनकी छाती पर सवार रहता। लोभी समधी चाहते थे अपने जीवनकाल में ही वे अपनी चल-अचल संपत्ति अपने दामाद के नाम कर दें। देर-अबेर मिलेगी तो उसे ही। वे हार्ट के मरीज थे। कभी दौरा पड़ गया तो बीसियों अड़चनें आएँगी। आपकी देखभाल को बेटी-दामाद

तो हैं ही। पर हरदयाल ने भी दुनिया देखी थी। वे समधी की चाल समझ गए। एक दिन पुत्री का पत्र आया, "पिताजी, आपने यदि संपत्ति-कोठी इनके नाम नहीं की तो ये कसाई मुझे मार डालेंगे। अब आप और देर मत कीजिए, जो ये चाहते हैं वही कर दीजिए।"

किंतु हरदयाल ने हड्डीतोड़ मेहनत से संपत्ति जोड़ी थी। वे उन उद्योगपतियों में से थे जो केवल लोटा-डोर लेकर घर से निकलते हैं और अपनी चतुर व्यवसाय बुद्धि से देखते-ही-देखते करोड़ों का वारा-न्यारा करने में सक्षम हो जाते हैं। उनकी एक ही इच्छा थी--इस अटूट संपत्ति को किसी सत्कार्य में लगा दें। उनके पुत्र के नाम का एक अस्पताल बने और एक देवालय। बेटी-दामाद को तो यथासाध्य दे ही चुके थे, पर वह जो भरी जवानी में बिना सेहरा बाँधे ही बाप से बिना कुछ माँगे चला गया था, उसका भी तो कुछ हक था उन पर! पुत्री का पत्र उन्होंने फाड़कर फेंक दिया। किसी के प्राण लेना क्या इतना आसान है? कैसे मार डालेंगे उनकी सुधा को, आखिर कानून तो है न। पर कहाँ था कानून? दूसरे ही दिन समधी का फोन आया, "आपकी बेटी चाय बना रही थी, बुरी तरह जल गई है। मुँह देखना चाहते हैं तो अभी चले आइए।" अस्पताल पहुँचे तो कोयला बन गई बेटी की निष्प्राण देह देख मूर्च्छित होकर गिर पड़े। अभागिन चार-पाँच महीनों में ही माँ बननेवाली थी। जब होश आया तो चटपट पोस्टमार्टम कर अर्थी उठायी जा रही थी।

वे जानते थे, उनकी समधी की पहुँच बहुत दूर तक है। उस पर उनका बड़ा दामाद पुलिस विभाग का सर्वोच्च अफसर था। न विशेष पूछताछ की गई, न कोई गवाह ही आगे बढ़े। प्रतिवेशी चुप थे। घर के नौकरों की जबानें पहले ही काट ली गई थीं। चाहते तो हरदयाल भी टंटा खड़ा कर सकते थे। उनके पास पुत्री का अंतिम पत्र था जिसमें उसने बार-बार लोभी ससुर का प्रस्ताव और न माने जाने पर उसके घातक परिणाम की दृढ़ संभावना का स्पष्ट संकेत किया था। किंतु उनके प्रतिशोध लेने के अपने तौर-तरीके थे। उन्होंने दो ही दिनों में अपनी संपत्ति का दानखाना बना ट्रस्टियों को सौंप दिया। अपनी आलीशान कोठी उस कन्या विद्यालय के नाम कर दी जहाँ कभी उनकी पुत्री पढ़ती थी। और फिर वर्षों पूर्व जिस लुटिया-डोर को लेकर इस महानगरी में आए थे, उसी को लेकर बिना किसी को अपना अता-पता दिए 'आश्रय' में चले आए। आते ही बैंक में वह धनराशि जमा कर दी, जो अपने साथ ले आए थे।

राजा को रंग बने अब उन्हें 'आश्रय' में पूरे सात वर्ष हो गए थे। न किसी से बोलते, न किसी से कुछ पूछते। दिन-भर कमरे में पढ़ते रहते और आधी रात तक फिर बरामदे में तब तक चहलकदमी करते, जब तक थककर चूर न हो जाते। फिर चुपचाप कमरे में जाकर सो जाते। उस मौनव्रतधारी बुजुर्ग को वहाँ सर्वोच्च सम्मान प्राप्त था। देखा जाये तो 'आश्रय' के दो ही संगमरमरी स्तंभ थे–पुरुषों में हरदयाल लोढ़ा और महिलाओं में आनंदी। रात की गहराई को रौंदती, हरदयाल की खढ़ाऊँ की खटखट सुन सखुबाई उन्हें परदे की दरार से देखती तो लगता कोई संसार त्यागी पलाश दंडधारी दंडी ही मूर्तिमान हो 'आश्रय' में आविर्भूत हुआ है। यही नहीं, मेस में उन्हें भोजन करते भी वह कनखियों से देखती रहती। स्तूपाकार चावल, कटोरी पर कटोरी दाल, सब्जी, दही-चपातियाँ खाते हरदयाल के कंठ में कभी एक कौर भी स्मृति गह्वर बनकर नहीं अटकता होगा? फिर जैसे बिना दायें-बायें देखे खाने बैठे थे, वैसे ही नतमुख खड़ाऊँ खटकाते अपने कमरे में चले जाते। खट, खट, खट। आश्रयवासी, कर्मचारी, बुजुर्ग, महिला बिरादरी उन्हें देखते ही झुककर प्रणाम करती। कैसी ही भीड़ क्यों न हो, उन्हें देखते ही मार्ग स्वयं बन जाता। उनकी उपस्थिति का आभास पाते ही प्रार्थना-सभा का कलरव स्वयं सुईटपक सन्नाटे में डूब जाता। जैसे अहिमंडली में साक्षात् गरुड़ विराजमान हो गए हों। महाकवि कालिदास ने शायद ऐसी ही विभूतियों के लिए कहा है :

भवेति साम्येपि निविष्ट चेतसां
वपुर्विशेषष्वति गौरवाः क्रियाः

रागद्वेष-रहित होने से सर्वत्र समबुद्धि-संपन्न उदारचित्त महानुभावों का ब्रह्मतेज-संपन्न पुरुष के प्रति अत्यंत गौरव-युक्त सत्कार हुआ करता है। उन्हें देखते तो किसी को भी कुछ न समझनेवाली सखुबाई का सिर भी स्वयमेव झुक जाता। कभी यह व्यक्ति कलकत्ता के शीर्षस्थ उद्योगपति थे, यह शायद कभी कोई जान नहीं पाता यदि 'आश्रय' में अपने किसी आत्मीय से मिलने आए उनके एक मित्र के मित्र उन्हें न पहचान लेते। पूर्व वैभव का एक स्मृति चिन्ह उनकी उँगली में अब भी सोलीटेयर हीरे की अँगूठी के रूप में सर्चलाइट बना चमक रहा था। उसी व्यक्ति ने उनकी कहानी आश्रयवासी अपने मित्र को सुनायी और धीरे-धीरे सब जान गए कि किस दुख ने उन्हें मौनव्रतधारी बना दिया है।

सखुबाई की प्रखर कल्पना की उड़ान ने एक दिन आधी रात को आनंदी को झकझोरकर जगा दिया। "सुनती है डोकरी, वह अँगूठी निश्चय ही उसके विवाह की अँगूठी रही होगी। संसार का मायामोह तो त्याग आया, पर अँगूठी का मोह नहीं त्याग पाया बुड्ढा!"

"सखु, तू इतनी पढ़ी-लिखी है, पर कभी-कभी ऐसी बचकानी बातें क्यों करती है? हमें क्या, अँगूठी भी उसी की है, पहननेवाला भी वही है। फिर तेरे सिर में दर्द क्यों हो रहा है?"

"अच्छा डोकरी, देख रही हूँ तेरे पोपले मुँह में भी फिर बत्तीसी उग आयी है। अच्छा, बता तो इस बार होली पर तेरी बेटियाँ गुझियाँ लाएँगी या नहीं?"

ऐसे ही वह आधी रात को आनंदी के खुले घावों को कुरेदती। ऐसा करने में शायद स्वयं उसके अपने घाव की व्यथा कुछ कम हो जाती थी। उसका घाव क्या आनंदी के घाव से कुछ कम गहरा था? अंतर इतना ही था कि आनंदी का घाव अभी ताजा था और उसका कब का भर चुका था, केवल दाग-भर रह गया था। और वह उसी सहजता से उस टपकते घाव की दुर्वह पीड़ा को भूल चुकी थी, जिस सहज स्वाभाविकता से नारी अपनी प्रथम प्रसव-पीड़ा को भूल-बिसर जाती है। सखुबाई के पति की जब बस-दुर्घटना में अकाल मृत्यु हुई तो पुत्र रोहित उसके गर्भ में था। ससुराल में कर्कशा पुत्रवंचिता सास ने जब उसका जीना दूभर कर दिया तो वह अपने मायके चली आयी। वह अपनी इच्छा से नहीं आयी थी। सास ने ही उसे अपनी जिह्वा के चाबुक से मार-मारकर भगा दिया था, "चुड़ैल, तूने ही मेरे बेटे को खाया है! लाख समझाया था मैंने, इससे विवाह मत कर, यह मंगली है, तुझे ही डस लेगी—पर उस अभागे पर तो तेरे रूप का भूत सवार था! जा, निकल जा मेरे घर से! जा अपने मास्टर बाप के पास!"

सखुबाई फिर भी अडिग चट्टान-सी अड़ी रही, पर जब एक दिन बुढ़िया ने उस पर जली लकड़ी उछालकर फेंकी तो उसी क्षण बूमरैंग की तेजी से उसी लकड़ी से बुढ़िया को धराशायी कर वह अपने पिता के घर चली आयी। पिता ने ही उसे पढ़ाया-लिखाया, उसकी माँ ने उसके बेटे को पाला और वह एक दिन अपने पैरों पर खड़ी हो गई। सास का मुँह फिर उसने पलटकर कभी नहीं देखा। अपनी योग्यता से ही जिस कॉलेज में पढ़ी थी, वहीं की प्रिंसिपल बनी। माता-पिता जब तक जीवित रहे उन्हें भरपूर सुख दिया। बेटा पढ़ने में अच्छा निकला। डॉक्टरी में सर्वोच्च स्थान ही नहीं पाया, विदेश की

छात्रवृत्ति भी हासिल की, पर वही छात्रवृत्ति उसकी शत्रु बनी। मन-ही-मन सखुबाई जान गई थी कि उसका प्रवासी पुत्र अब चिरप्रवासी बन उसके हाथों से हमेशा के लिए निकल जाएगा। कितने भारतीय डॉक्टर विदेश जाकर स्वदेश लौटते हैं? फिर भी उसे पूरी उम्मीद थी कि उसका संस्कारशील पुत्र विवाह माँ की ही पसंद से करेगा। किंतु जब एक दिन अचानक आधी रात को बेटे का फोन आया कि उसने उस अमरीकी लड़की से विवाह कर लिया है, जिसके साथ वह पिछले तीन वर्षों से रह रहा था, तो सखुबाई अर्धमृत-सी हाथ में फोन लिए बैठी ही रह गई थी। वहाँ से 'हैलो-हैलो' की व्यर्थ गुहार बड़ी देर तक गूँजती-टकराती स्वयं आले में खो गई। इस आघात के लिए सखुबाई प्रस्तुत नहीं थी। वह ऐसे खोखले विवाहों की व्यर्थता को जानती थी। उसका बेटा किसी भी प्रदेश की किसी भी जाति की बहू ले आता तो वह उसे स्वीकार कर लेती। वह पढ़ी-लिखी उदारमना जननी थी। किंतु एकदम ही विपरीत संस्कृति की, दूसरे ही परिवेश में पली विदेशिनी कभी उसके पुत्र की सच्ची सुखदुखानुगामिनी सहचरी नहीं बन सकती, ऐसा उसका दृढ़ विश्वास था। पुत्र ने बड़ा लाड़-प्यार भरा पत्र भेजा कि हनीमून से लौटते ही वह माँ के लिए टिकट भेजेगा। उसे नयी बहू का वरण करने विदेश आना ही होगा।

सखुबाई ने तत्काल पत्र फाड़कर फेंक दिया था, "जायेगी मेरी जूती!"

पर जूती भी कहाँ जा पायी, हनीमून से लौट बेटा टिकट भेजता, इससे पहले ही नवेली बहू स्वयं टिकट कटाकर अपने किसी स्वदेशी सहचर के साथ भाग गई। चार महीने बाद बेटे का फिर पत्र आया, "अम्माँ, मैं तुम्हारे लिए दूसरी बहू ले आया हूँ।"

इस बार बहू की डोली सीधी सिडनी से आयी थी। पर वह भी कुल दो ही महीने टिकी। फिर तीसरी आयी नाइजीरिया से। इस बार की बहू की काली चमड़ी का रंग एकदम पक्का निकला। पिछले सात वर्षों में वह अपने ही रंग-रूप के दो बेटों की माँ बन चुकी थी। रोहित ने अपने परिवार का चित्र भेजकर माँ को एकदम ही चित्त कर दिया था। क्या उसके राजकुँअर-से बेटे के भाग्य में यही शूर्पनखा और शुंभ-निशुंभ बदे थे? पावरोटी-से लटके ओंठ, घने-घुँघराले बालों का टोप और आबनूसी रंग! दूसरे ही दिन अपना मकान बेच-बाच सखुबाई संसार के सब बंधन स्वेच्छा से तोड़ बिना किसी को बताए 'आश्रय' में चली आयी थी। था ही कौन जिसे अपना पता-ठिकाना थमा आती? उसके रूखे स्वभाव ने, जो आत्मीय स्वजन थे, उन्हें भी बहुत

पहले ही झाड़ू मारकर भगा दिया था। मित्र बनाने की मूर्खता उसने कभी की ही नहीं थी।

आनंदी के आने से पहले उसके कमरे में गुरुविंदर कौर रहती थी। लम्बी-चौड़ी वह सुदर्शना सिखनी 'आश्रय' की सबसे छोटी सदस्या थी। उसके पिता ही उसे वहाँ छोड़ गए थे। वह कौन है? इस छोटी उम्र में क्यों समय से पहले ही वानप्रस्थ ग्रहण करने आयी है? कोई पूछने की हिम्मत नहीं जुटा पाया। सत्ताईस-अट्ठाईस वर्ष की उम्र होगी, पर लगती थी बीस की, रौबदार-गंभीर चेहरे पर थानेदारी रौब था। वह दोनों हाथ पीछे बाँधे, सीना ताने चलती थी। उसकी बड़ी-बड़ी आँखों, नुकीले चिबुक और रेशमी पलकों में गजब का आकर्षण था। पर फिर एक दिन उसका कलुषित अतीत भी आश्रयवासियों के लिए खुली पुस्तक बन गया था।

इस बार भी बाहर से आए एक विभीषण ने ही उसकी पोल खोली थी। सरदार करतार सिंह 'आश्रय' का प्लंबर था। रिस रही टंकी को तो ठीक कर गया, पर गुरुविंदर के अतीत की टंकी में छेद कर गया। वह भी गुरुदासपुर का था, जहाँ की गुरुविंदर थी। "अजी, यह कैसे आ गई आप शरीफों के बीच? वहाँ कौन नहीं जानता इसे! सीधी जेल से छूटकर आई है। लम्बी उम्रकैद काटकर आयी थी गुरुदासपुर, वहाँ बिरादरी ने भगा दिया था। अपने घरवाले का खून किया है इसने!"

पूरे 'आश्रय' में तहलका मच गया। क्यों उसे किसी नारीनिकेतन में नहीं भेज दिया जाये! शरीफों के बीच इसे रखने की हिम्मत कैसे हुई इसके बाप को? निकालो इसे!

आँखों से आग के गोले बरसाती गुरुविंदर सीना तानकर सबके बीच चट्टान-सी खड़ी हो गई थी। "जिसने माँ का दूध पिया हो, आकर निकाल दे मुझे। पैसा देकर रहती हूँ, भीख माँगकर नहीं। यह रहा मेरी छुट्टी का कागज़। मैं कोई सजायाफ्ता फरार कैदी नहीं हूँ, समझे! कौन-सा कानून निकाल सकता है मुझे?"

एकसाथ कई वार्धक्य जर्जरित हृदय धड़क उठे। करतार सिंह यह भी बता गया था कि गुरुविंदर के दो भाई खूँखार उग्रवादी हैं। हो सकता है कभी बहन से मिलने यहाँ भी आ धमकें और फिर क्या पता यह बेढब सिरफिरी सलवार के नेफे में ही कोई कृपाण छिपाए फिरती हो!

सहमकर उत्तेजित भीड़ स्वयं छँटकर तितर-बितर हो, अपने-अपने दरबे में घुस गई। पर कोई भी उसे अपने कमरे में रखने को राजी नहीं हुई, क्या पता कब हत्यारिन फिर सधे हाथों से किसी का गला रेत दे।

सखुबाई ही उसे अपने कमरे में ले आयी थी। एक वही थी जिसने उससे कुछ नहीं पूछा। उसके साथ बैठती, बतियाती, उसे अपने साथ घूमने ले जाती।

एक दिन घूमते ही गुरुविंदर ने स्वयं अपने जघन्य अपराध की कहानी उसे सुना दी। वह खाते-पीते समृद्ध कृषक परिवार की पुत्री थी। तीनों भाई-बहनों ने अंग्रेजी स्कूलों में शिक्षा प्राप्त की थी। पिता अवकाश-प्राप्त ऊँचे फौजी अफसर थे। अब उनका अपना बहुत बड़ा फार्म था। कई ट्रेक्टर थे। नौकर-चाकर, शिकारी कुत्ते, भैंसें—क्या कुछ नहीं था! कनाडा में उसके चाचा टिम्बर के बहुत बड़े व्यापारी थे। उन्होंने वहाँ एक समृद्ध प्रवासी सिख परिवार में जब उसका रिश्ता तय किया तो वह केवल सोलह वर्ष की थी। पहले उसके पिता ने आपत्ति भी की थी, अभी तो स्कूल से निकली है, उसे मैं खूब पढ़ाना चाहता हूँ। पर चाचा ने कहा, लड़की यहाँ भी पढ़ सकती है। वे लोग बड़े आजाद खयालात के लोग हैं और लड़का लाखों में एक है।

विवाह हुआ और वह कनाडा चली गई। तीसरे ही दिन उसने अपने लाखों में एक सहचर का परिचय पा लिया था। दिन-रात नशे में चूर वह घर लौटता तो उसके साथ उसके दुराचारी, लंपट, नारी-लोलुप मित्रों का जमघट भी रहता, वह डरी-सहमी सास के कमरे में छिपने भागती तो सास बाहर धकिया देती। वह भागकर कमरे में बन्द हो जाती और लातें-घूँसे मार वह कामार्त्त भीड़ दरवाजा तोड़ने की चेष्टा करती। एक दिन वे उसे बाहर खींच ही लाए। पति ने आज तक उसकी देह का स्पर्श भी नहीं किया था। करता भी कैसे? वह इस योग्य ही नहीं था। उसकी नामर्दी को जानबूझकर छिपा, उस बेचारी का जीवन नष्ट किया था स्वयं सगे चाचा ने। उस दिन जब क्षुधातुर कुत्तों की भाँति पति के मित्र उसे नोच-खसोट रहे थे, तो कोने में खींसें निपोड़े अपने पति को देख उसका खून खौल गया था। "मैं आज भी नहीं जानती सखु आंटी, मुझे क्या हो गया था उस दिन। आज तक मैंने जानबूझकर कभी किसी चींटी को भी नहीं कुचला। पर मैं पागल हो गई थी। क्रोध से, विवशता से अंधी हो गई थी मैं, मैंने वहीं पर धरी शराब की भरी बोतल उठाई और पूरी ताकत से अपने पति के सिर पर दे मारी।"

भयभीत मित्रमंडली फटा सिर और खून से लथपथ मित्र को देख सिर पर पैर रखकर भाग गई, फिर दहशत, मारपीट और यंत्रणा का एक ऐसा सिलसिला चला जो शायद उसके प्राण ही ले लेता। उसका पति ससुर का इकलौता बेटा था। मृत पुत्र की हत्या का प्रतिशोध लेने में पिता ने कोई कसर नहीं छोड़ी। गुरुविंदर के पिता को किसी हितैषी ने खबर दे दी। वे वहाँ पहुँचे और उन्हीं की भागदौड़ से मुकदमा भारत में चलाए जाने की अनुमति उन्हें मिल गई। चौदह वर्षों की लम्बी सजा उसके अच्छे आचरण, कच्ची उम्र और शायद उस निर्दोष चेहरे को देख चार वर्ष कम कर दी गई थी।

लम्बी सजा काटकर वह पिता के साथ बाहर निकली तो उसे लगा— उन्मुक्त आकाश तो उसके सिर के ऊपर अभी भी है, पर पैरों तले की जमीन खिसक चुकी है। पुत्री की लज्जा उसकी माँ को ही पृथ्वी से नहीं ले गई, दोनों भाई उग्रवादी बन गए और मौत उनके सिर हर पल चील-सी मँडराने लगी। जितनी ही बार वह सौम्याकृति पिता के उदास-बुझे चेहरे को देखती, उसके जी में आता अपने दोनों हाथ काटकर दूर पटक दे, क्यों कर बैठी थी वह ऐसा! घर की दुर्दशा देख वह रात-भर रोती रही थी। खेत उजाड़ पड़े थे, ट्रैक्टर बिक चुके थे, फ्रिज, कार, वाशिंग मशीन सबकुछ बेच-बाच कर पिता किसी फकीर की-सी जिन्दगी जी रहे थे। कभी इसी फार्म हाउस की कैसी शोभा थी! पूरा घर उसके जवान भाइयों के, उनके मित्रों के कहकहों से गुलजार रहता था। लॉन में चाँदनी रात की वे बार्बेक्यू पार्टियाँ, वे मुशायरे जिसमें उसके पिता के प्राण बसते थे! कहाँ गईं वे सुनहली रातें और रुपहले दिन?

उसे दूसरा धक्का तब लगा जब वह वर्षों से बिछुड़े आत्मीयों से मिलने गई। किसी ने उसे बैठने को भी नहीं कहा। उसकी प्यारी सहेली बलविंदर कौर एक दिन बसस्टैंड पर खड़ी दिख गई तो वह बाँहें फैलाए उससे मिलने भागी। पर उसे देखते ही बलविंदर उससे भी तेजी से भागकर सहसा अलोप हो गई—जैसे उसने भूत देख लिया हो। उसकी बाँहें शून्य में ही फैली रह गईं। वह समझ गई अब वह सबकी दुलारी गुरुविंदर नहीं रह गई है। पतिहंता, सजायाफ्ता, कलंकिनी गुरुविंदर बन गई है।

पिता ने पुत्री का वेदना-क्लिष्ट चेहरा देखा और उसका दुख समझ गए। ‘‘बेटी, अब तेरा यहाँ रहना ठीक नहीं है। ऐसे तो घुट-घुटकर मर जाएगी।

फिर अब यहाँ रहना खतरे से खाली नहीं है। दिन-रात तेरे भाई और उनके दोस्त यहाँ रात-आधी रात छिपने आते रहते हैं। पता नहीं तेरे भाई अब जिंदा हैं भी या नहीं, जिंदा हैं तो और भी खतरा है। पुलिस उनके पीछे पड़ी है, कभी भी छापा पड़ सकता है!"

"पर हम कहाँ जायेंगे पिताजी?"

"जहाँ वाहेगुरु ले जाएगा!" और फिर न जाने कहाँ-कहाँ भटकाकर वाहेगुरु उन्हें यहाँ ले आया था। दो ही महीनों में वह पूरे 'आश्रय' की लाड़ली बन गई थी। यहाँ कोई नहीं जानता था कि वह कौन है, कहाँ से आयी है। अपनी बिरादरी का अपमान, समाज का क्रूर पद-प्रहार–सबकुछ भूल गई थी गुरुविंदर! अपने साथ लाए सूटकेस से, वह शादी के उन जोड़ों को निकाल-निकालकर पहनने लगी, जिनकी तब तह भी नहीं खोल पाई थी, कैसे-कैसे जोड़े सिलवाकर दिए थे बाजी ने, कर्रा कलफ में सधे अबरखी दुपट्टे, जिन्हें रस्सी-सा बँटकर अपूर्व चुन्नटों में स्वयं उसकी बीजी ने चुना।

उसके आते ही 'आश्रय' में बहार आ गई थी। वृद्धों की एक टोली कब निकलती और कब लौटती कोई जान भी नहीं पाता था। अब वे हँसते-हँसते खिलखिलाते रास्ते में पड़े कंकड़-पत्थरों को निरर्थक ठोकरें मारते ऐसे निकलने लगे जैसे अभी-अभी मसें फूटी हों। यही नहीं, उनमें से अधिकांश वृद्धों की गर्दनें 'आइजराइट' की मुद्रा में स्वयमेव बरामदे की ओर मुड़ जातीं, जहाँ प्रायः ही गुरुविंदर सखु आंटी के साथ बैठ सुबह की चाय पीती थी। सखुबाई हँसकर उसे ठसकाती, "देख रही है बुड्ढों को, तू क्या आयी कि सुबह-सुबह हाफपेंट पहन अपनी खोयी जवानी ढूँढ़ने निकल पड़े हैं!"

"बेचारे घूमने जा रहे हैं, आंटी।"

"अरी, घूमने तो पहले भी जाते थे, पर ऐसे चहकते थे क्या? मैं खूब पहचानती हूँ इन कमबख्त मर्दों को...कोई सुंदर लड़की देख लेंगे तो चिता से भी उठकर बैठ जायेंगे!"

"छिः आंटी! कैसी बातें कर रही हैं आप!"

"अरे हाँ, और एक बात गाँठ बाँध ले लड़की, ये मरे रँडुवे बुड्ढे तो और भी खतरनाक होते हैं।"

वैसे सखुबाई के मुँहफट कथन में कुछ सत्य तो था ही। गुरुविंदर की आगमनी ने 'आश्रय' का हुलिया ही बदल दिया था–बहुत दिनों से घिरी घनघोर घटा से म्लान बना आकाश सहसा निरभ्र हो उठा था और एकाएक

निकल आयी धूप ने क्लांत प्राणों में नवीन स्फूर्ति, प्राणदायिनी ऊर्जा का संचार कर दिया था। कई गंजे सिरों में कंघियाँ फिरने लगीं। धोबी की गठरी नित्य उतारे-बदले गए कमीज-कुर्तों से गरीयसी बनने लगी। यहाँ तक कि पचहत्तर वर्ष के बाबू भाई भी अपनी बेसुरी आवाज में जोर-जोर से अपना प्रिय विस्मृत गीत गाने लगे—'मैं बन का पंछी बनकर संग संग डोलूँ रे।'

"सुन रही है गुरुविंदर, सात-सात बेटों के रहते इस पिंजरापोल में रहने आया है और बन का पंछी बनकर चहक रहा है..."

"गाने भी दो, आंटी!"

"अरे, कैसे गाने दूँ? मुआ कैसा बेसुरा सुर अलाप रहा है! ओ बाबू भाई...अब बस भी करो...बहुत अलाप लिया, थोड़ा कल के लिए भी तो छोड़ो!"

बाबू भाई बेचारे खिसियाकर चुप हो जाते। गुरुविंदर सखुबाई की-सी अशिष्टता से किसी को आहत नहीं कर सकती थी। वह सुबह जाकर हर कमरे का गुलदान बदलती, हरे लॉन की हरीतिमा को पानी से सींचती, किसी की आँख में दवा डालती, किसी की चंपी कर आती। व्हील-चेयर में वनस्पति बन गई मिसेज बाटलीवाला को फूल-सा उठा ऐसे घुमा लाती जैसे किसी बच्चे का प्रेम घुमा रही हो। पर तब ही करमजला करतार सिंह अपना ट्रांजिस्टर बम का धमाका कर पूरे 'आश्रय' की नींद हिला गया था—वह हत्यारिन है, लम्बी सजा काटकर यहाँ आयी फरार बंदिनी! पलक झपकाते ही जो मित्र थे, वे शत्रु बन गए। एक सखु आंटी ने ही उसे नहीं छोड़ा। कितनी मूर्ख थी गुरुविंदर! नारी का कलंक क्या चिता में चढ़ने तक उसे छोड़ता है?

आत्मीय स्वजनों की अवमानना सहना उतना कठिन नहीं होता जितना समाज की। सखुबाई उसे उसके गहन नैराश्य के जितना ही बाहर खींचने की चेष्टा करती, वह उतनी ही गहराई में धँस जाती। नित्य हँसने-हँसाने वाली वह हँसमुख लड़की एकदम ही गुमसुम हो गई थी। सखुबाई ही उसे बहला-फुसलाकर खाना खिलाती, वह नहीं जायेगी तो सखु स्वयं भी कुछ नहीं खायेगी, ऐसी धमकियाँ देती। रात को भी वह पार्श्व में चुपचाप लेटी गुरुविंदर से कभी कुछ नहीं पूछती, केवल हाथ बढ़ाकर उसकी हथेली मुट्ठी में बाँध लेती, जैसे कह रही हो—घबरा मत गुरुविंदर, मैं तेरे साथ हूँ।

फिर अचानक एक दिन सखुबाई ने देखा—जो गुरुविंदर उसके लाख उठाने

पर भी नहीं उठती थी और धूप निकल आने पर भी छत को शून्य दृष्टि से देखती रहती थी, वह उस दिन उससे भी पहले उठ, नहा-धोकर उसके लिए चाय ले आयी थी।

"अरे वाह, आज तो तू बड़ी प्यारी लग रही है, नया सूट है क्या?" गहरे नीले रंग के झीने पारदर्शी कपड़े की तंबू-सी फैली पटियाला सलवार, सलमा-सितारे की कारचोबी जड़ा कुर्त्ता और नीले शिफान की गोटा लगी चुन्नी। "आज जरूर हमारी बिरादरी के किसी बुड्ढे को दिल का दौरा पड़ेगा री, गुरुविंदर," सखुबाई ने हँसकर कहा।

"अब बुड्ढे मुझे देखते ही कहाँ हैं आंटी!" वह हँसी। सखु उसे एकटक देखे जा रही थी—सधे हाथों का मेकअप, ओठों पर प्रगाढ़ लालिमा, आँखों में सुरमे की सुरेखा और फ्रेंच परफ्यूम की मदिर सुगंध। "यह मेरी सगाई का जोड़ा है, आंटी। आज दूसरी बार ही पहन रही हूँ। ऊब गई हूँ कमरे में लेटे-लेटे, सोचा नहा-धोकर थोड़ी देर घूम आऊँ। आप तो चलेंगी नहीं। अभी भी लँगड़ा रही हैं।"

दो दिन पहले सखुबाई के पैर में मोच आ गई थी।

"पर तू अकेली जायेगी?"

"क्यों, कोई खा लेगा मुझे?"

वह हँसी और दाड़िम के दानों की-सी वह दशनपंक्ति सखु के लिए वही अंतिम झलक थी।

बड़ी देर तक वह नहीं लौटी तो सखुबाई का माथा ठनका। कर्मचारी दूर-दूर तक ढूँढ़ आए पर वह कहीं नहीं मिली। इतनी ही देर में अविचार-ग्रस्त अफवाहों के फाये उड़ने लगे—और क्या उम्मीद थी उससे? सजधजकर निकली थी, भाग गई होगी किसी के साथ!

—और क्या, जो अपने पति की हत्या कर सकती है, वह कुछ भी कर सकती है। तब ही हमने कहा था। हम शरीफों के बीच उसे रखना ही नहीं था। सखुबाई का जी कर रहा था उनका मुँह नोंच ले, क्या इन्हीं शरीफों को गुरुविंदर को देखकर लार टपकाते नहीं देख चुकी थी वह?

इतने ही में किसी ने आकर खबर दी—गुरुविंदर की लाश समुद्र तट पर पड़ी है। उदार, आत्माभिमानी उदधि क्या कभी कुछ लेता है? उसका दुख ले लिया और देह लौटा दी।

गुरुविंदर की मौत के बाद सखुबाई के लिए समय कछुए की चाल से रेंगने लगा। न पढ़ने में जी लगता, न घूमने में। आनंदी आकर उसका हाथ न थाम लेती तो शायद वह 'आश्रय' छोड़कर कहीं भाग जाती। दोनों जैसे युगयुगांतर से एक-दूसरी को जानती थीं। एकसाथ उठना-बैठना, खाना-पीना, घूमना। आनंदी अपनी पूजा में बैठती तो सखुबाई अखबार पढ़ती रहती। कभी-कभी झुँझला भी उठती। रोज-रोज एक-सी खबरें—हत्या, मारकाट, सोने-चरस की धरपकड़! "अरी, सुन रही है, डोकरी? किस धरातल में जा रहा है हमारा देश? बस रोज वही पंजाब और पंजाब या फिर बोफोर्स—कोई खबर नहीं रही क्या?"

आनंदी निरुत्तर माला जपती रहती।

"मूर्ख जाहिल है तू, डोकरी। अब बंद कर अपना ढोंग!"

पर आनंदी तो चिकना घड़ा थी। सखुबाई कितनी ही गरजे-बरसे, उसके पाठ की प्राचीर भंग नहीं कर सकती थी।

दोनों घूमने जातीं तो आनंदी कसकर सखु की उँगली थामे रहती। "डोकरी, तू यह बच्ची-सी मेरी उँगली क्यों थामे रहती है? मैं क्या भाग रही हूँ?"

"मुझे डर लगता है, मास्टरनी।"

"और किसी दिन मेरी उँगली हमेशा के लिए छूट गई तब? हममें से एक को तो पहले जाना ही होगा न!"

आनंदी हँसकर ठिठक गई थी, "मैं ही पहले जाऊँगी, मास्टरनी।"

सखुबाई सहम गई, कैसे दृढ़ विश्वास से कह रही थी डोकरी। शांत परमहंसी दिव्य चेहरे को जैसे किसी पवित्र घेरे ने घेर लिया था।

दोनों सखियों के प्रातःभ्रमण की एक नियत सीमा थी। समुद्र-तट की चमकती सिकता पर धँसी जा रही चप्पलों को साधतीं, दोनों एक-दूसरी का हाथ थामे एक ही चट्टान पर जाकर बैठ जातीं। कभी उग्र और कभी शांत फेनिल तरंगें आ-आकर दोनों को कभी घुटनों तक भिगो जातीं, कभी एड़ियाँ भिगोकर ही लौट जातीं। जो सखुबाई कमरे में बकर-बकर करती आनंदी को प्रतिपल छेड़ती रहती थी, वह चट्टान पर बैठते ही गूँगी बन जाती। दोनों ध्यान-मग्न समाधिस्थ ऋषि-मुनियों के-से अडिग स्थैर्य से बड़ी देर तक चुपचाप बैठी रहतीं। दोनों के हृदयों के गहनतम कक्ष की एक ही-सी वेदना अपने ही मौन संभाषण में शायद सबकुछ कह-सुन लेती थी। वाणी के लिए फिर

कोई स्थान ही नहीं रह जाता। जिस आनंदी को वह बार-बार कुरेदकर भी कुछ नहीं जान पायी थी, चट्टान पर बैठते ही कुछ न कहे जाने पर भी सब जान लेती। सखु जानती थी कि नारी भी दो तरह की होती है। एक जो सामान्य-से स्नेह का प्रश्रय पाते ही अपने हृदय के कपाट खोलकर रख देती है। दूसरी—जो प्राण रहते मन की व्यथा कभी जिह्वाग्र पर नहीं आने देती।

सखु नारी के पहले कोठे में आती थी, आनंदी दूसरे में।

आनंदी के एक ही पुत्र था, दो पुत्रियाँ। पुत्र के लिए उसने स्वयं लड़की ढूँढ़ी थी, पर जिस घड़े को वह ठोक-पीटकर लायी थी, जल भरे जाने पर जब वही टपटप कर रिसने लगा तो उसने उसे अपना ही भाग्य-दोष मान लिया। पुत्र का ओहदा ऊँचा था। वह विदेश सेवारत ऊँचा अफसर था। किंतु उसके ससुर का पद उससे भी ऊँचा था। फिर उसकी बहू उनकी सिरचढ़ी इकलौती बेटी थी। विवाह होते ही बहू की माँ हर महीने बेटी की गृहस्थी सम्हालने आने लगी। उन दिनों आनंदी के पुत्र की नियुक्ति कुछ महीनों के लिए भारत में हो गई थी। बहू संतान-संभवा हुई तो उसकी माँ फिर बेटी की देखरेख के लिए आ गई और धीरे-धीरे आनंदी को दीवार की ओर ठेलती गई। अपने ही बेटे के घर में आनंदी मेहमान बन गई और उसकी समधिन मेजबान। फिर भी आनंदी विलक्षण विवेकसम्पन्न सहिष्णु जननी थी। दोनों विवाहिता पुत्रियाँ मायके आतीं तो बहू का मुँह फूल जाता—जब देखो तब चली आती हैं और अम्माँ पोटलियाँ बाँध-बाँधकर थमाती रहती हैं।

एक दिन बहू अपनी माँ से कह रही थी तो बड़ी बेटी ने सुन लिया। छोटी सुनती तो शायद चुप भी रहती, पर रुक्मन तो हवा से लड़ती थी। खूब किचकिच हुई। दोनों बेटियाँ रूठकर उसी दिन चली गईं। उस गृह-कलह ने बेटे को भी माँ के लिए पराया बना दिया। चलते-चलते रुक्मन उसकी सास के सामने ही उससे कुछ ऐसे अपशब्द कह गई, जिन्हें वह क्षमा नहीं कर सका। दूसरे ही महीने वह परिवार सहित विदेश चला गया। आनंदी समझ गई कि जिस बेरुखी से माँ का दामन झटककर वह भागा है, उससे वह सुखी ही हुआ है, दुखी नहीं। एक वर्ष तक फिर कोई पत्र नहीं आया। फिर एक चिरकुट आया था—मीना फिर संतान-संभवा है। आप चिंता न करें। उसकी देखभाल के लिए उसकी माँ आ रही है।

आनंदी के जी में आया लिखकर पूछे—बेटा, क्या तुम्हारी माँ नहीं आ

सकती थी?

पर क्या लाभ? फिर वह बीमार पड़ गई थी। पीलिया ने लगभग प्राण ही ले लिये थे। हालत ऐसी थी कि अब जाये, तब जाये। दोनों बेटियाँ ही बारी-बारी से आकर देख गईं। फिर जब कुछ ठीक हुई तो रुक्मन उसे लगभग घसीटकर ही अपने साथ ले गई थी। वह लाख समझाने पर भी अपना घर छोड़ने को तैयार नहीं हुई तो रुक्मन ने तुरुप का पत्ता फेंका था, ''यह कौन तुम्हारा अपना घर है, अम्माँ? किराया देकर रहती हो। श्याम चिट्ठी तक तो भेजते नहीं, किराया भेजेंगे? बिजली, पानी, महरी सबका खर्चा तो हम दोनों बहनें ही उठा रही हैं। हमारी भी तो सोचो, अम्माँ, हम भी आखिर दो-दो खर्चे कब तक उठा सकती हैं। वहाँ रहोगी तो देखभाल भी होती रहेगी और तुम्हारा मन भी बच्चों में लगा रहेगा। तुम्हें 500 ही तो पेंशन मिलती है, उससे चला पाओगी यह खर्चा?''

आनंदी कह भी क्या सकती थी? जबान तो विधाता ने उसी दिन काटकर उसके हाथ पर धर दी थी, जिस दिन उसका सुहाग उतरा था। फिर आनंदी की पचास-साठ वर्षों की जोड़ी गई थाती का कुछ ही घंटों में त्वरित सफाया कर दिया गया था। देवी-देवताओं की दर्जनों तसवीरें, सिलबट्टे, चूड़ियाँ, इमामदस्ता, मूसल, निवाड़ के चक्के, पलँगों के पाये, भारी बर्तन—सब मिट्टी के मोल बिक गए।

''ओफ! कैसा कबाड़ जमा कर रखा है अम्माँ ने!'' रुक्मन अपनी बहन से कह रही थी, ''यह देख, इस शीशी में श्याम के पहली बार उतरे बाल भी धरे हैं!''

आनंदी की आँखें छलछला उठीं, श्याम की उन पहली बार कटी घुँघराली लटों को उसने कभी सहेजकर रख लिया था। कैसी रेशमी लच्छे थे उसके बाल!

आनंदी को बड़ी बेटी के पास छोड़कर छोटी दूसरे दिन ही अपने घर चली गई थी। वह भी बड़ी की भाँति नौकरी करती थी। बड़े दामाद अतुल की फैक्टरी थी। भगवान् ने सबकुछ दिया था रुक्मन को, एक बेटा ही नहीं दिया। तीन बेटियाँ थीं। बीसियों नौकर थे। दो-दो गाड़ियाँ, अपनी डेरी—लक्ष्मी तो जैसे चौपर मारकर ही उसके घर में बैठी थी। फिर भी वह अट्टालिका श्रीहीन क्यों लगती थी उसे? एक वर्ष में ही आनंदी छटपटाने लगी थी।

पहले तीन-चार महीने तो वह पान के पत्ते-सी ही फेरी गई, कभी रुक्मन आकर उसके पास बैठ जाती, कभी उसकी बेटियाँ—"नानी क्या चाहिए आपको? चलिए आपको कहीं घुमा लायें...अजी कोई अच्छा-सा धार्मिक कैसेट ले आओ नानी के लिए!"

पर फिर वह स्नेह, वह अनुराग न जाने कहाँ उड़कर विलीन हो गया। दामाद अतुल बेहद रूखा, क्रोधी, अधीर व्यक्ति था। एक तो वह घर पर रहता ही कम था; जब कभी आता तो पूरे घर को सन्नाटा लील लेता। गरजता-बरसता वह मेघ टलता तो पूरा घर चैन की साँस लेता। आए दिन रुक्मन की बेटियों की मित्रमंडली उनके कमरे में जुटती तो कमरे में ऊबी आनंदी भी उठकर वहाँ चली आती—उनकी खिलखिलाहट ही उसे वहाँ खींच ले जाती थी। वात्सल्यपूर्ण दृष्टि से वह उन्हें देखती रहती। कैसा स्वच्छन्द जीवन है इन बच्चियों का। न माँ के काम में हाथ बँटाने के आदेश, न जोर से हँसने-बोलने, आने-जाने पर कोई बंदिश। इस उम्र में तो उसका गौना हो गया था।

"हाय नानी!" दर्जन-भर लड़कियाँ उसे देखते ही चिल्लातीं। न प्रणाम न अभिवादन! क्या आज के माँ-बाप इन्हें सामान्य शिष्टाचार भी नहीं सिखाते?

फिर भी स्वभाववश उसके मुँह से निकल जाता, "जीती रहो बेटी।"

जोर-जोर से बज रहे उस विचित्र कानफोड़ अंग्रेजी संगीत के साथ कभी वे लड़कियाँ ताल देतीं, कभी अपने झबरे कटे बाल पूरे चेहरे पर फैला उसी के सामने नाचने लगतीं—नाच भी कैसा—जैसे उन पर साक्षात् भवानी उतर आती हो! आनंदी अवाक् होकर देखती रहती। इतनी जोर से बज रहा यह भूतप्रेतों का संगीत क्या अब उनके कानों में नहीं लगता? जब वह टी.वी. देखने बैठती तो बेटी की ये उद्धत बेटियाँ ही आकर आवाज कम कर जाती थीं, "प्लीज नानी, इतनी जोर से टी.वी. मत लगाइए।"

एक दिन आनंदी के जीर्ण हृदय को दूसरा झटका लगा। रुक्मन की बड़ी बेटी सुरेखा ही सबसे मुँहफट थी। आनंदी अपने कमरे में बैठी दोपहर की चाय पी रही थी कि सुरेखा आँधी-सी घुस आयी, "नानी, जब हमारी दोस्त आती हैं तो प्लीज आप वहाँ मत आइए। हमें बड़ा अजीब लगता है।" आनंदी फिर चाय नहीं पी पायी। ठीक ही तो कह रही थी वह। वहाँ सींग कटाकर बछड़ा बनने गई ही क्यों थी? उसी रात को अतुल शायद कुछ ज्यादा

ही चढ़ाकर बहक गया था, यद्यपि आनंदी का कमरा गृह के सीमांत पर था। फिर भी उसने सबकुछ सुन लिया था, "कब तक रहनेवाली हैं तुम्हारी अम्माँ? क्या राधा को कोई मतलब नहीं रहा माँ से? एक तुम्हीं ने ठेका लिया है!"

आनंदी सन्न रह गई, उसने कितनी भारी भूल की थी!—'आनंदी उठ-उठ, भाग जा कहीं, अब तेरा दाना-पानी यहाँ से उठ गया है। समय रहते चेत आनंदी, नहीं भागती तो एक दिन भगा दी जायेगी!' उसका अंतःकरण उसे रात-भर झकझोरता रहा था।

दूसरे दिन ऑफिस जाने से पहले रुक्मन ने स्वयं ही उसकी समस्या का समाधान कर दिया था, "अम्माँ, इधर मुझे दफ्तर में बहुत काम है। देर से लौटूँगी। लड़कियों के भी इम्तिहान आ रहे हैं। सोच रही हूँ तुम्हें थोड़े दिन राधा के पास भेज दूँ।"

और इतवार को वह स्वयं माँ को छोटी बहन के पास छोड़ आयी थी।

राधा की गृहस्थी बड़ी बहन की गृहस्थी से भी अधिक ठसकेदार थी। एक ही बेटा था वह भी बचपन से हॉस्टल में रहकर पढ़ रहा था। माँ को देखते ही राधा बच्ची-सी लिपट गई थी—"अब तुम मेरे ही पास रहोगी अम्माँ। तुम्हें कहीं नहीं जाने दूँगी। खूब मन लगेगा तुम्हारा!"

और कैसा मन लगा था उसका! इस छोटी बेटी ने पाँच वर्ष तक दूध पिया था उसका। पंद्रह वर्ष तक उसी के साथ लिपटकर सोती थी। सब सुख तो करतल पर धरे दिख रहे थे। फिर भी भीतर-ही-भीतर कौन घुन चाट रहा था उसे? चहकती मैना सोने के पिंजरे में बंद होकर चहकना भूल गई थी क्या? या उसके गले में वह काँटा उग आया था जो एक दिन मैना के प्राण ले लेता है? फिर धीरे-धीरे बिना कुछ पूछे ही वह सबकुछ जान गई। उसका यह दामाद भी बेहद पीता था। एक बार उसका भयावह रूप से बढ़ा रक्तचाप उसे लकवे का छोटा-मोटा झटका भी दे चुका था, पर पीना नहीं छूटा।

उस पर राधा का बेटा छुट्टियों में घर आया तो आनंदी रही-सही बात भी समझ गई। कभी उसकी अनुपम कांति देखकर ही आनंदी ने उसका नाम धरा था कार्त्तिकेय। आज अठारह वर्ष की उम्र में ही उस कमनीयता को जघन्य नशे ने स्याह कर दिया था। जब देखो तब माँ से लड़-झगड़कर पैसे उघाता, बाप उसे फूटी आँखों नहीं देख सकता था। राधा ने उसे कुछ नहीं बताया, पर नौकरों की खुसर-फुसर से ही वह जान गई कि बाबा अब पढ़ने

नहीं जाएगा। कॉलेज से निकाल दिया गया है। कुछ पति के नशे ने राधा को बेहद चिड़चिड़ी बना दिया था। वह एक बार सुबह और एक बार रात को माँ के कमरे में आती अवश्य थी, पर उससे कभी आँखें नहीं मिला पाती थी। अपनी इस लाड़ली ओछन-पोछन बिटिया को गले लगाने को आनंदी का हृदय व्याकुल हो उठता, पर बढ़ती वयस भी कभी-कभी संतान और जननी के बीच संकोच की कैसी अभेद्य दीवार बनकर खड़ी हो जाती है!

फिर एक दिन अपदार्थ पुत्र को लेकर ही बेटी-दामाद में भयंकर गृह-कलह हुआ, फूलदान फेंके गए, कुरसी-सोफा उलटे, मेजें गिरीं, प्लेटें पटकी गईं। राधा सिसक रही थी। दोनों घुटनों में मुँह छिपाए कालीन पर बैठी राधा की वह करुण छवि आनंदी ने छिपकर परदे की ओट से देखी तो उसका कलेजा किसी ने मरोड़ दिया। बाप की बेहद मुँहलगी उस छोटी को तो उसने कभी फूल की छड़ी से भी नहीं मारा था। दामाद जैसे बौरा गया था, "यह सब तुम्हारा कसूर है!" वह चीख-चीखकर कह रहा था, "बेटे के लिए कभी वक्त मिला था? तुम्हीं ने जिद कर उसे हॉस्टल में भेजा—नौकरी का भूत जो सवार था तुम पर! अब जी भरकर नौकरी करो और भरो उसकी जेबें, जिससे वह दिन-रात नशे में डूब सके। देखा नहीं क्या लिखा है उसने अपने कमरे की दीवारों पर—डोंट वाक ऑन ग्रास, स्मोक इट! कसर पूरी करने अपनी माँ को भी ले आयी हो हमारा सुख दिखाने। मेरी माँ महीने-भर को आती है तो तुम्हारा मुँह लटक जाता है। और वह खूसट बुढ़िया..."

आगे कुछ नहीं सुनना चाहती थी आनंदी। दोनों कानों में उँगलियाँ डाल वह कटे पेड़-सी अपनी पलँग पर ढह गई थी।

उस रात को उसके अंतःकरण ने फिर उसके कानों में कहा था—भाग, भाग, आनन्दी यहाँ से भी तेरा दाना-पानी उठ गया है—नहीं भागी तो भगा दी जायेगी।

रात को सूजे चेहरे और सूजी आँखें लिए राधा उसके कमरे में आयी तो उसके कुछ कहने से पहले ही आनंदी ने बढ़कर उसका माथा चूम लिया, "मैंने सब सुन लिया है छोटी। तू चिंता मत कर। मुझे मेरे घर पहुँचा दे। भगवान् ने अभी मेरे हाथ-पैर, आँख-कान नहीं छीने। मैं अपनी देखभाल खूब अच्छी तरह कर सकती हूँ!"

"घर? कौन-सा घर अम्माँ?"

राधा के प्रश्न ने आनंदी की छाती में जैसे घूँसा मार दिया था। ठीक ही तो कह रही थी, उसका घर अब था ही कहाँ। किराये का घर खाली कराकर ही तो दोनों बहनें उसे अपने साथ लायी थीं।

''अम्माँ, मैंने और जीजी ने तुम्हारे लिए एक और घर देखा है, जहाँ तुम्हें साथ भी मिल जाएगा और तुम्हारी देखभाल भी होती रहेगी। अभी जीजी ने फोन पर बताया। एक ऐसा 'आश्रय' है जहाँ 600 रुपया देने पर बुजुर्गों को घर का सा ही आराम दिया जाता है। तुम्हारी पेंशन तो है ही, सौ-सौ रुपया हम दोनों बहनें भेज दिया करेंगी। बीच-बीच में तुम्हें देखने भी आती रहेंगी।''

और फिर एक दिन दोनों उसे 'आश्रय' में पहुँचा गई थीं। पहले जब कभी उनकी माँ उनसे मिलने आती और कुछ ही दिन रहकर वापस जाने को अकुलाने लगती तो कितने निश्छल स्नेह से उनके पति उसे बार-बार रोक लेते थे। ''बेटा, अब मुझे जाने दो। तुम लोगों पर कहीं भार न बन जाऊँ!'' ''कैसी बातें करती हैं, अम्माँ?'' उनके पति कहते, ''भैंस को क्या कभी उसके सींग भारी होते हैं!'' किंतु उसकी संतान को तो सींग दुर्वह ही हो उठे थे!

सखुबाई को लगता, उसके पुत्र से भी अधिक जघन्य अपराध आनंदी की संतान ने किया था। ऐसी संत निरीह जननी को कैसे यहाँ एकदम अनजान परिवेश में ढकेल दिया! चार वर्षों में कुल दो बार उसकी बेटियाँ उससे मिलने आयी थीं—अलबत्ता चिट्ठियाँ और नववर्ष के कार्ड आ जाते। होली के दिन पत्ता भी हिलता तो आनंदी चौकन्नी हो जाती। उस दिन 'आश्रय' के कई भाग्यशाली बुजुर्गों के आत्मीय स्वजन उन्हें अबीर-गुलाल का टीका लगाने आते। आनंदी की बेटियाँ पिछली तीन होलियों से माँ से मिलने नहीं आयी थीं। फिर भी कहीं-न-कहीं आशा की टिमटिमाती ज्योति को आनंदी हथेली की ओट से बचाए सेंत रही थी।

''डोकरी, चल घूमने, इतनी सुबह तो तेरी बेटियाँ आने से रहीं!''

उस दिन फागुनी बयार ने मौसम में सुबह से ही गुलाबी मिठास घोल कर रख दी थी। नित्य की भाँति दोनों सखियाँ उँगली थामे अपनी प्रिय चट्टान पर जाकर बैठ गईं। सखुबाई ने स्वभाववश आनंदी को फिर छेड़ दिया, ''क्यों री! क्यों मुँह लटकाए बैठी है? बेटे-बहू याद आ रहे हैं या बेटियाँ?''

आनंदी चुप रही। उसके निरर्थक प्रश्नों का वह कभी उत्तर नहीं देती थी।

"अरी कुछ तो बोल, आज होली का दिन है। आज के दिन तो लोग कुत्ते-बिल्लियों को भी रँग देते हैं।"

"हमें अब कौन रँगेगा, मास्टरनी?"

"क्यों? मैं क्या मर गई हूँ?"

और फिर सखुबाई ने न जाने कहाँ से छिपाई गई अबीर-गुलाल की पुड़िया निकाली और आनंदी के गोरे चेहरे को लाल बना दिया। गालों पर, ललाट पर, सफेद बालों पर रंग पोतती वह हँस-हँसकर चीखने लगी, "होली है! होली है!"

आनंदी इस रंगीन हमले के लिए प्रस्तुत नहीं थी। अचकचाकर वह पानी में लगभग गिरने ही को थी कि सखु ने थाम लिया।

"क्या करती है मास्टरनी!" आँचल से गाल पोंछती आनंदी ने सँभलते ही इस बार सखुबाई के हाथ की पुड़िया छीन, मुट्ठी-भर रंग पोत सखुबाई को लंगूर बना दिया, "ले, तू क्या समझती है, मैं रंग खेलना नहीं जानती? जरा अपनी सूरत तो देख!" पोपले मुँह की हँसी ने आनंदी का चेहरा उद्‌भासित कर दिया।

"और अपनी? अपनी शक्ल देखी है तूने? हाँ-हाँ, कैसी लग रही है तू?" सखुबाई जोर-जोर से हँसने लगी। बड़ी देर तक दोनों एक-दूसरी को रँगती, मजाक उड़ातीं, हँसती-हँसती दोहरी हो गईं।

उनका चौथापन सहसा समुद्र बहा ले गया और एक-दूसरी को रंग से, गीली रेत से भिगोती दो अल्हड़ किशोरियाँ ही एक-दूसरे से जूझ रही थीं।

"चल, हाथ-मुँह धो ले! 'आश्रय' वाले देखेंगे तो क्या कहेंगे।"

आनंदी ने खिसियाए स्वर में कहा, "जानती है, मास्टरनी, मैंने उनके जाने के बाद कभी होली नहीं खेली..."

"तब क्या पहले खेली थी...बता न डोकरी!"

क्या गौने के बाद की उस पहली होली को वह कभी भूल सकती थी? चौदहवाँ लगते ही तो गौना हुआ था उसका। पर गौना होने पर भी तो महीनों तक पति की झलक भी उसे देखने को नहीं मिली थी। सास कहती थी, बहू अभी लरकौनी है, मेरे पास सोएगी। रातें सास के साथ बीततीं और दिन में कई जोड़ी तइया, चचिया सास, ननद, देवरों के बीच। वह पति से दोटूक बात भी नहीं कर सकती थी। फिर होली आयी और वह तड़के ही कुएँ पर पानी भरने गई तो वे जंगली बिल्ले-से ताक लगाए बैठे थे—"मुझे देखते ही

झपटे और रंग की पूरी बाल्टी उड़ेल दी!''

''और फिर क्या री, डोकरी? बड़ी छिपी रुस्तम निकली तू!''

''चल परे हट!'' आनंदी के गोरे चेहरे की जिन झुर्रियों की दरारें सखु के अबीर से अछूती रह गई थीं, वे भी सहसा अदृश्य अबीर से अबीरी हो उठीं—पूरे छप्पन वर्ष बीत गए थे उस होली को, पर सत्तर वर्ष की होने पर भी आनंदी आज भी वह दिन नहीं भूली थी।

स्वयं सखुबाई की स्मृतियाँ उसका कलेजा मरोड़ रही थीं, ''चल, अब चलें...शायद तेरी बेटियाँ आई हों...''

पर कोई नहीं आया।

उसी रात को आनंदी सहसा उठकर बैठ गई।

''क्या हुआ, डोकरी? सपने में क्यों गोंगिया रही थी...सपना देख रही थी क्या?''

''हाँ मास्टरनी, अजीब सपना था...''

''क्या देखा?''

''अभी नहीं, सुबह सुनाऊँगी—सूरज उगने से पहले किसी ब्राह्मण को शुभ सपना सुनाओ तो सच होता है...।''

''मार गोली ब्राह्मण को। इस जमाने में ब्राह्मण को सुनाए गए सपने सच नहीं होते...शूद्र को सुनाए गए सपने ही फलते हैं।''

''नहीं, कल सुनाऊँगी।''

सुबह नहा-धोकर आनंदी उसके पास खड़ी हो गई थी, ''कल मैंने देखा—मैं जमीन पर लेटी हूँ। मेरे सिरहाने तुलसी का गमला है, उस पर मेरे लड्डू गोपाल बैठे हैं। मेरे मुँह में तू तुलसीदल डालकर मेरे कानों में कह रही है, ओं नमो वासुदेवाय, ओं नमो वासुदेवाय, अचानक मेरी देह ऊपर उठने लगी है और मैं जमीन पर पड़ी अपनी देह को भी देख पा रही हूँ। तभी आकाश से एक सोने का रथ उतरा मास्टरनी—ठीक जैसा टी.वी. की रामायण में उतरता है।''

''यह सब तेरे टी.वी. का ही प्रताप है। वही भूत तेरे सिर पर चढ़ गया है।'' सखुबाई ने उसे भुनभुनाकर बीच में ही टोक दिया।

''नहीं मास्टरनी, मेरे गले में अजगर-सी मोटी वैसी ही पुष्पमाला है जैसे कभी प्रधानमंत्री के गले में रहती है—और फिर मुझे कोई विमान में ठेलकर

चढ़ा देता है। मैं तुम सबको हाथ हिला-हिलाकर विदा ले रही हूँ।"

"ठीक जैसे प्रधानमंत्री हाथ हिलाते हैं, क्यों?"

"नहीं मास्टरनी, यह सपना सच होगा। मेरे सपने कभी झूठ नहीं होते—कब से तो मौत को बुला रही थी!"

"अरी जाहिल औरत, बुढ़ापे में दो ही चीजें तो बुलाने से नहीं आतीं—मौत और नींद। आया कुछ समझ में?"

छः महीने बीत गए, बेचारी आनंदी कहाँ बैठ पायी विमान में! पर सखुबाई ने उसका उठना-बैठना दूभर कर दिया।

"क्यों डोकरी, कब आ रहा है विमान, आज या कल?"

आनंदी रुआँसी हो जाती।

"अच्छा जा कल तेरी सीट बुक करवा देते हैं।" तब सखु को क्या पता था कि साक्षात् काल ही उसकी जीभ पर बैठा बोल रहा है।

"घूमने नहीं चलेगी?"

"नहीं मास्टरनी, तू चली जा। मेरा सिर भारी लग रहा है।"

सखु निकल ही रही थी कि आनंदी ने पुकारा, "मेरा एक काम करेगी मास्टरनी?"

"अब कौन-सा काम अटक गया? लाख बार समझाया कि चलते वक्त मुझे मत टोका कर!"

सखुबाई को चलते-चलते किसी का भी टोकना अच्छा नहीं लगता था। जब-जब टोकी गई तब-तब कुछ-न-कुछ अनिष्ट अवश्य होता था।

आनंदी ने तकिये के नीचे से एक मखमली थैला सखु को थमा दिया।

"यह क्या है? तेरा एयर टिकट?"

आनंदी ने थैली की डोरी सरकायी और सोने के दो भारी गोखरू और एक पन्ना की हीरे-जड़ी अँगूठी उसके हाथ पर रख दिए।

"यह क्या; ऐसे भारी गहने तू सिरहाने रखकर सोती है! अरी, कोई चुरा लेता तो!"

"नहीं, इन्हें चुराये ऐसा चोर अभी पैदा नहीं हुआ। मेरी उस नानी के हैं जिसने गंगा में पैर डुबोकर स्वेच्छा से प्राण त्याग दिए थे। इच्छा-मृत्यु ही हुई थी नानी की। मुझे कभी कुछ हो जाये तो इनमें एक-एक गोखरू राधा-रुकमन को दे देना। उन्होंने तो ये कभी देखे भी नहीं हैं। नहीं तो क्या आज तक बच पाते।"

“अपने ही पास रख डोकरी, मैं क्या कोई लॉकर हूँ जो तेरी यह अमानत धरूँ?

“नहीं मास्टरनी, तुझे मेरा कहना मानना ही होगा।”

“और इस अँगूठी का क्या करना है? तेरी बहू को देनी है न? उसकी काली उँगलियों में यह पन्ना खूब फबेगा!”

“नहीं, यह तू पहनेगी,” बड़े प्यार से उसने फिर वह अँगूठी सखु की उँगली में पहना दी थी।

“मैं इतनी दामी अँगूठी नहीं ले सकती। फिर मैं कब यह सब पहनती हूँ?”

“इसे पहनेगी तू। जब मैं नहीं रहूँगी और यह अँगूठी तेरी उँगली में रहेगी तो मुझे हमेशा यही लगेगा—मैं तेरी उँगली थामे तेरे साथ-साथ चल रही हूँ मास्टरनी।”

उस दिन सखुबाई का मन घूमने में भी नहीं लगा। दस कदम चलकर वह बड़ी देर तक ‘आश्रय’ की ही बेंच पर बैठी रही। फिर उठकर मेस से दो प्याले चाय के लिए कमरे में गई, आनंदी जैसे घोड़ा बेचकर सो रही थी—चलो सोती रहे कुछ देर, सिर भी भारी है बेचारी का।

उसने अखबार उठा लिया। चाय पी। एक-एक खबर पढ़ी। आनंदी अभी उसी गहरी नींद में सो रही थी—दोनों हाथ छाती पर धरे। यही उसकी प्रिय मुद्रा थी।

“अरे डोकरी उठ। रामायण के कुंभकरण की छूत लग गई है क्या? बजाऊँ नगाड़े, चला दूँ हाथी?”

पर आनंदी न हिली, न डुली। हाथ का प्याला धर, चिंतातुरा सखु उस पर झुकी। हाथ थामा तो कटी डाल-सा फत्त पलँग पर ही गिर गया।

वह भागकर सबको बुला लाई—“आह, कैसी मौत पायी भाग्यवान ने!” सब झुक-झुक उन निष्प्राण गौर चरणों पर माथा टेक रहे थे। पर सखु एकदम बुत बनी उस शांत भव्य चेहरे को एकटक देख रही थी। कैसी अशुभ वाणी निकली थी उसके मुँह से। उसकी प्राणप्रिया सखी ने क्या कभी उसका कोई आदेश टाला था?

जहाँ समवेत सिसकियाँ कमरे में सन्नाटे को चीर अगरबत्ती के धुएँ के साथ मँडरा रही थीं, वहीं सखु की निष्प्रभ आँखों की पलकों का एक पक्ष्म

भी गीला नहीं हुआ। वह पत्थर बन गई थी। "तू रोना नहीं, मास्टरनी," उसने एक दिन कहा था, "मुझे बड़ा दुःख होगा।"

वह नहीं रोई, पर सपने की एक-एक बात उसने पूरी की। सिरहाने तुलसी का गमला, गमले पर लड्डू गोपाल, मुख में तुलसीदल और फिर कानों के पास मुँह सटाकर स्थिर निष्कम्प कंठ से उसने कहा, 'ओं नमो वासुदेवाय, ओं नमो वासुदेवाय।' चौकीदार को शहर भेज उसने वैसा मोटा पुष्पहार मँगाकर आनंदी के गले में डाल दिया।

अर्थी उठी तब भी वह बड़ी देर तक वहीं बैठी रही। फिर अपने कमरे में चली गई। कर्मचारी आकर कमरा धो गए। पलँग हटा दी गई। न जाने कौन संस्कारी बुजुर्ग देहरी पर एक दीया भी जलाकर धर गया, जिससे आनंदी का प्रेत अपने नवीन मार्ग में न भटके! एक गुजराती आश्रयवासिनी ने आकर उसके कंधे पर हाथ धरा, "कहो तो बेन, मैं आज तुम्हारे कमरे में सो जाऊँ?"

"नहीं," कुछ रूखे स्वर में उसने कहा था। अब जीवन भर कोई उसके कमरे में नहीं सोयेगी। रात-भर वह खाली कमरा उसे हड़के कुत्ते-सा काट खाने को दौड़ता रहा। लगता था अभी आकर पुकारेगी, 'मास्टरनी, सो गई क्या?'

धीरे-धीरे तीन महीने बीत गए। आनंदी की पुत्रियों को खबर दे दी गई। पर वे दोनों परिवार सहित बैंकाक घूमने गई थीं—"हमारी माँ का बक्सा सँभालकर रख दें—हम लौटने पर ले लेंगी।"

एक सखुबाई ही जानती थी उस सूटकेस में क्या है—चार सूती इकलाई धोतियाँ, तीन पेटीकोट, चार कुर्तियाँ, दो चादर, एक टूटा चश्मा, वर्षों से बंद पड़ी एक अलार्म घड़ी और बैंक की पासबुक, जिसमें कुल जमा थे सत्ताईस रुपये बावन पैसे!

यह उस बेटे की माँ की विरासत थी जिसे महीने में बीस हजार का वेतन मिलता था, जिसका अपना अपार्टमेंट था, स्विमिंग पूल था, तीन-तीन गाड़ियाँ थीं। उन दामादों की सास की विरासत थी जिनके घरों में कुबेर का छत्र बड़ी गहराई तक धँसा था।

बेटियाँ आईं। सखुबाई बरामदे में बैठी चाय पी रही थी। दोनों ने उसे देखकर भी अनदेखा कर दिया, जैसे पहचानती ही न हों—जबकि दोनों जानती थीं कि वही उनकी निर्वासिता अम्माँ की एकमात्र अंतरंग सखी है!

एक बार भी उन्होंने आकर उससे माँ की अंतिम यात्रा का वृत्तांत पूछा होता तो शायद वह तत्क्षण उनकी माँ की धरोहर उन्हें थमा देती। पर उनकी अवज्ञा से उसका खून खौल गया। ले जाओ सूटकेस और पहनो चार साड़ियाँ, तीन पेटीकोट! वह मन-ही-मन ठहाके लगा रही थी।

संध्या को वह घूमने गई तो उसकी मुट्ठी में आनंदी की मखमली थैली बन्द थी। काँटेदार चूहादंती गोखरू थैली में बन्द होने पर उसकी मुट्ठी में गड़ रहे थे। वह जाकर अपनी उसी चट्टान पर बैठी। थोड़ी देर तक आँखें बन्द किये बैठी ही रही। फिर उसने एक बड़ा-सा पत्थर उठाकर दोनों गोखरुओं के साथ मूँद दिया। पत्थर रहेगा तो थैली नहीं लौटेगी नहीं तो गुरुविंदर की लाश की भाँति समुद्र फिर तट पर पटक जाएगा! पूरी शक्ति से उसने थैली को जोर से समुद्र में उछाल दिया। एक क्षण को वह लाल थैली लहरों में उठी-गिरी अगाध जलराशि के अतल तल में विलीन हो गई। सखुबाई देर तक खड़ी देखती रही। थैली नहीं लौटी।

बड़ी श्रद्धा से उसने अपने दोनों सींक-से पतले हाथ आकाश की ओर उठाकर अपनी दिवंगता सखी को प्रणाम किया, 'माफ करना डोकरी, तेरी अमानत तुझे ही लौटा रही हूँ। जिन हाथों ने तुझे ऐसी बेरहमी से अपने घरों से बाहर ढकेला, उन हाथों में मैं ये गोखरू नहीं पहना सकती। अँगूठी मेरी उँगली में है। पर यह तो तेरी उँगली है न, कैसे इसे छुड़ा दूँ। माफ करना डोकरी!'

फिर जो लौह-स्तंभ-सी मास्टरनी अपनी सखी की अर्थी उठने पर भी नहीं रोयी थी, सहसा टूट गई उसका चेहरा रुदन की असंख्य झुर्रियों में सिकुड़ा, ओंठ काँपे और फिर झर-झर कर बहते आँसू उसके काँपते चिबुक से ढलकते उसकी सपाट छाती को भिगो गए—जैसे किसी कठिन शिलाखंड को भेद सहसा किसी पहाड़ी झरने का स्रोत फूट गया था!

चाँचरी

वह अपलक दृष्टि से उसे देख रही थी। इतने वर्षों बाद भी उसे देखकर वह नहीं चौंकी। महामाया का साक्षात् पार्थिव विग्रह ही क्या सहसा अवतरित हो उसे सम्मोहित कर रहा था! वह अडिग भव्य मुद्रा में पूर्ववत् खड़ी थी—शान्त, निश्चल, अस्खलित किसी अदृश्य प्रलयाग्नि की दीप्त प्रभा से उसकी मनोरम कान्ति रह-रहकर दमक रही थी। श्रीनाथ को एक क्षण को लगा, वह गिर पड़ेगा। उसका दृढ़ संकल्प विषम परिस्थिति से टकराकर चूर-चूर हो गया। कोई दैवी शक्ति उसे जैसे हवा में उड़ाए जा रही थी। खुले केश जटाओं में उलझकर स्वयं एक वेणी में निबद्ध हो आगे लटके थे। 'कुमारसंभव' में कालिदास ने तपोनिरता पार्वती का ऐसा ही चित्र तो खींचा है :

"यथा प्रसन्नैर्मधुरं शिरोरुहैर्जटाभिरप्येवमभूत दानम्"

तपस्यारता पार्वती के सुन्दर केश लटिया गए थे फिर भी उनका मुख उतना ही मधुर दिखता था जितना सँवारे केशों के साथ। केवल आँखें बदल गई थीं। उस विकृत दृष्टि में अब न जिज्ञासा थी न कौतूहल।

मनुष्य के जीवन में कभी-कभी ऐसे क्षण भी आते हैं जब हृदय विवेचनाशून्य हो, वाणी को भी मूक बना देता है। श्रीनाथ के जीवन में भी आज शायद यही कठिन क्षण आ गया था जब पैरों तले की जमीन उसे प्रति पल धरा में धँसा रही थी। घास-फूस की उस पर्णकुटी में कैसी अद्भुत शान्ति थी, कैसी निःस्सीम शून्यता! फूस को हटाकर बनाई गई चौकोर खिड़की से आ रही ठण्डी हवा के तीव्र झोंके ने बिन्दी के भगवा आँचल को क्या जान-बूझकर ही विचलित कर दिया कि देख श्रीनाथ, आँखें खोलकर देख, तूने कैसी मूर्खता कर, इस रत्न को पल-भर में गँवा दिया! इस आलमगीर इमारत की क्या एक भी ईंट खिसकी है पगले! प्रौढ़ा होने पर भी वह आज से तीस

वर्ष पूर्व की वही कमनीय मूर्ति है। किसी भी पार्थिव सम्पर्क ने उसे आबद्ध नहीं किया है। वह तो जन्म से ही तपस्विनी थी मूर्ख, संसार में रहकर भी संसार से दूर।

श्रीनाथ, एक बार फिर गूँगा बना खड़ा रह गया। सचमुच ही जन्म-तपस्विनी थी वह! उसका काम के प्रति यही शीतल मनोभाव तो श्रीनाथ को कभी पागल बना गया था।

इस यौवनाकान्त किशोरी को उसने पहली बार मँझली भाभी के मायके में देखा था, वह भी ऐसे ही महालक्ष्मी पूजन के दिन। भाभी के मामा केशव पण्डित ही पूजा करा रहे थे :

"महालक्ष्मी नमस्तुभ्यं
संसारार्णव तारिणी
हरिप्रिये नमस्तुभ्यं
नमस्तुभ्यं सुरेश्वरी

पहले उसने पूजा कर रहे पिता के पीछे खड़ी बिन्दी को नहीं देखा। पूरे कमरे में हवन का धुआँ फैला था, सुगन्धित पकवानों की थाल सजा रही मँझली भाभी, उसे देखते ही खिल गई थी, "अरे तुम कब आए श्री...छुट्टियाँ हो गईं क्या?"

"छुट्टियाँ तो नहीं हुईं, हड़ताल चल रही है। इसी से सोचा क्यों न घर ही चला जाऊँ।"

"बैठो, बैठो, बिन्दी, चाय बना ला तो जल्दी..." और तब ही उसकी दृष्टि बिन्दी पर पड़ी। कैसा आश्चर्य था कि इतनी बार वह मँझली भाभी के मायके आया है, इससे पहले कभी नहीं देखा—हाँ, सुना अवश्य था कि केशव पण्डित की एक अपूर्व सुन्दरी पुत्री है जिसे गाँव के लोग 'चाँचरी' कहकर पुकारते हैं। सचमुच चाँचरी (परी) ही थी वह। उन दिनों पहाड़ में कुआँरी लड़कियाँ, घेरदार सुत्तन और लम्बा कुरता पहना करती थीं, काली सुत्तन और लाल नेपाली छींट के लम्बे कुर्ते में उसका गौर वर्ण और भी निखर आया था। वह उसे बार-बार देख रहा था। मँझली भाभी ने चुटकी भी ली। कान के पास मुँह ले जाकर कहा, "क्यों हो लालज्यू (देवर), हमारी चाँचरी को देखकर रीझ गए क्या? कहो तो बात चलाऊँ!" रँगे हाथों पकड़े जाने पर चोर की जो दशा होती है वही दशा, उस दिन उसकी भी हुई थी। उस दिन तो वह भाभी की चुटकी का उत्तर दिए बिना ही चला आया, पर गरमी की

छुट्टियों में घर आया तो उसने साहस कर, स्वयं अपना दुःसाहसी प्रस्ताव भाभी के सामने रख ही दिया। दुःसाहसी इसलिए कि तब तक पहाड़ में किस पुत्र को ऐसा साहस हो सकता था कि स्वयं अपने मुँह से अपने रिश्ते की बात कहे।

"बड़ी देर कर दी श्री," भाभी ने एक लम्बी साँस खींचकर कहा, "मामा ने तो उसका रिश्ता पक्का कर दिया है, लड़का ओवरसियर है और पिता पटवारी–दूध, दही, शहद की नदियाँ छलकती रहती हैं घर में। फिर न सास है न ननद–राज करेगी हमारी चाँचरी।" श्रीनाथ सारी रात सो नहीं पाया था–साला ओवरसियर क्या खाकर उस हीरे को हथियाएगा...देख लेंगे हम!

और सचमुच ही देख लिया था उसने। घर-भर से बैर मोल ले, वह हीरे को हथिया तो लाया पर उसकी चकाचौंध सह नहीं पाया। दो ही दिनों में उसे लगा कि बिन्दी के रहस्यमय व्यक्तित्व में ऐसा कुछ अवश्य है जो सामान्य नारी से भिन्न है। एक तो वह बहुत कम बोलती है, चार महीने बीतने पर भी वह कभी अपने वाचाल सहचर के सम्मुख, अपना हृदय खोलकर नहीं रख पाई थी।

"क्या बात है बिन्दी, अपने घर की बहुत याद आ रही है क्या?"

उत्तर में वह अपनी बड़ी-बड़ी आँखों से उसे देखकर दृष्टि झुका लेती।

"तुम क्या मुझसे विवाह नहीं करना चाहती थीं?" फिर वही निर्लिप्त दृष्टि का व्यर्थ उत्तर। कभी-कभी वह बौखला जाता।

क्या सचमुच ही किसी अदृश्य लोक से अवतरित चाँचरी ही थी वह! यद्यपि उसकी सेवा में, कहीं कोई त्रुटि नहीं थी किन्तु वर्षों की अनुभवी गृहिणी की-सी उस दक्षता में, कहीं आवेग नहीं था। क्या अधीर प्रणयी पति के उग्र प्रणय-निवेदन ने ही उसे ऐसा सहमा दिया था, या वह पत्थर की ही तराशी गई निष्प्राण मूर्ति थी? उसकी इसी चुप्पी ने श्रीनाथ के प्रेम को और उत्कट बना दिया, अब वह उसे कभी-कभी ऐसे व्यंग्यबाणों से बींधने लगा कि वह तिलमिला उठती।

"क्यों जी राजकन्या, ओवरसियर साहब बहुत याद आ रहे हैं या पटवारी की राजमहल की हुड़क सता रही है?" शान्त दृष्टि से उसे देखकर, वह बिना कुछ उत्तर दिए बाहर चली जाती। उसकी वही सहिष्णुता श्रीनाथ को और असहिष्णु बनाती गई। बड़ी जिठानी-जेठ विवाह निपटाते ही अपनी नौकरी

पर मध्य प्रदेश चले गए थे। मँझली के पति बड़ौदा रहते थे। वह भी चली गई। घर में सास-ससुर और वे ही दोनों रह गए थे। एक तो श्रीनाथ घर-भर के विरोध को ताक पर रख, अपने मनपसन्द की बहू ले आया था, जिसके लिए उसकी माँ ने उसे कभी क्षमा नहीं किया था। संसार की कौन-सी जननी भला पुत्र की अपनी मनपसन्द बहू ले आने पर क्षमा कर पाती है! उस पर उसकी माँ कमला अपने कर्कश स्वभाव के लिए पूरी बिरादरी में यथेष्ट कुख्याति अर्जित कर चुकी थी। कोई नहीं मिलता तो हवा से ही लड़ती रहती। पिता ने भी उस विवाह का अन्त तक विरोध किया था, "एक तो अभी तेरी पढ़ाई भी पूरी नहीं हुई, उस पर कर्मकांडी ब्राह्मण की पुत्री ला रहा है। सोच-समझकर ही ऐसा फैसला किया जाता है। बाप ने न जाने कितने घरों में प्रेतशय्याएँ बटोरी होंगी, श्राद्ध-तर्पण करवाया होगा, नाक ही कटवाने पर तुला है तो कटवा ले—हमसे क्यों पूछता है!"

पर श्रीनाथ भी टस से मस नहीं हुआ। उसकी एक ही बहन थी प्रेमा, वह भी उसके विवाह में नहीं आई। न ही उसकी ससुराल से ही कोई आया। इसी से श्रीनाथ इतने घोर विरोध से ब्याहकर लाई उस अहंकारी, बित्ते-भर की लड़की के व्यवहार से क्षुब्ध हो उठा। किसी से मुँह खोलकर कुछ कह भी तो नहीं सकता था। रात को भी वह छुईमुई बनी जा रही बिन्दी को जोर से भुरा-भला नहीं कह पाता था। बगल का कमरा अम्मा-बाबू का था। सुन लिया तो कहेंगे—जा ठीक हुआ, मर, भोग अपना किया...और ला पुरोहित की बेटी!

वह रात-भर पिंजरे में बन्द खूँखार शेर-सा ही कमरे में चक्कर लगाते-लगाते देखता—दोनों हाथ छाती पर धरे उसकी प्राणप्रिया, दन्तहीन भोले शिशु की-सी गहन निद्रा में निमग्न है। न चाह, न चिन्ता—मनुआ बेपरवाह!

क्या वह छोकरी नहीं जानती, घर-भर की कैसी आतप दृष्टि झेलकर, वह उसे अपने गृह की देहरी लँघा पाया है? किस मिट्टी की बनी थी वह? उसके पिता तो ऐसे नहीं थे। विदा के पूर्व वह दीन ब्राह्मण जामाता के पैरों पर ही गिर पड़ा था, "तुम निश्चय ही देवता हो बेटा, नहीं तो क्या इस दरिद्र ब्राह्मण को ऐसे उबार लेते? कहाँ राजा भोज तुम और कहाँ मैं गंगू तेली! सिवाय कुश कन्या के मेरे पास है ही क्या?" किन्तु पिता की कृतज्ञ विनम्रता का शतांश भी वह अब तक उनकी अहंकारी पुत्री में नहीं खोज पाया था! कभी-कभी तो अपनी विवशता पर उसे ऐसा क्रोध आता कि मन

करता, उठाकर उसे खिड़की से नीचे फेंक दे—टूट जाएँ दोनों टाँगें और उसका अहंकार पल-भर में चूर-चूर हो जाए। उसके सोने के बाद ही वह कमरे में आती और उसके उठने से पहले ही गायब हो जाती। नहा-धोकर घण्टों ध्यानमग्ना पद्मासन में बैठी न जाने किन-किन शतसहस्र मन्त्रों का पाठ बुदबुदाती रहती। दिन-प्रतिदिन माँ की बड़बड़ाहट कड़वी होती जा रही थी, "अरे श्री, तेरी मीराबाई की पूजा, ध्यान-मनन पर्व पूरा हुआ कि नहीं? कह दे, तेरी चाय ले जाएँ—कहाँ बहू चाय बनाकर हमें देती, कहाँ मैं साहब, मेम साहब को चाय बनाकर भेज रही हूँ।" वह फिर बिना कुछ कहे चौके से चाय का प्याला लाकर श्रीनाथ को थमा देती। ऐसे ही क्षणों में कभी श्रीनाथ उसकी उदासीनता की प्राचीर को चीरता, हाथ पकड़ उसे अपने बिस्तर पर खींचने की चेष्टा करता तो वह झटके से हाथ छुड़ाकर फिर चौके में अदृश्य हो जाती। श्रीनाथ के जी में आता, चौके से ही उसे खींचकर बिस्तर पर पटक दे और अपने पुष्ट बाहुपाश में खींच, उसका समस्त अहंकार चूर-चूर कर दे। पर उसे ऐसा करने का अधिकार ही अब कहाँ रह गया था! जान-बूझकर ही तो उसने अपने पैरों पर कुल्हाड़ी मारी थी। कुछ तो होगा लड़की में जो गाँववाले उसे चाँचरी कहते थे! आखिर क्या कमी थी उसमें? तीनों भाइयों में वही सबसे व्यक्तित्व सम्पन्न था, अगले वर्ष वह इंजीनियर बन जाएगा, कैसी-कैसी वेगवती धाराओं पर बाँध-निर्माण की कुशलता प्राप्त कर चुका था वह। (ऊँची-ऊँची इमारतों का अंगविन्यास उसके बाएँ हाथ का खेल था, अचल मशीनों के बिगड़े कलपुर्जों को ठीक कर उन्हें सचल बनाने की क्षमता, बिना किसी के सिखाए ही उसने बचपन में प्राप्त कर ली थी। भाइयों की बिगड़ गई कार हो या घर का सहसा निष्प्राण बन गया फ्रिज, घर का उड़ गया फ्यूज तो वह दस ही वर्ष की उम्र में बना लेता था, किन्तु एक सामान्य शिक्षित अहंकारी जिद्दी लड़की के दिमागी कलपुर्जों को ठीक करने में कितना असहाय बन गया था, कितना बिबस!

उसके दोनों भाई उच्च पदों पर थे। दोनों भाभियाँ सुसंस्कृत सम्पन्न गृहों से आई थीं। पिता सार्वजनिक निर्माण विभाग के अवकाश-प्राप्त चीफ इंजीनियर थे। प्रासादोपम कोठी थी। दोनों भाई छुट्टियों में, अपनी-अपनी कारों में आते, भतीजे-भतीजियाँ अंग्रेजी स्कूलों में पढ़नेवाले सलीकेदार सभ्य शिष्ट बच्चे थे। अम्मा के सनातनी चौके में भी अब उनके लिए अण्डे उबलने लगे थे। वे आते तो बिना किसी आपत्ति के, दस बजे तक चिरपुरातन पहाड़ी

लंच टाइम की घड़ी की सुई, स्वयमेव द्विप्रहर के एक बजे की ओर घूम जाती। तब क्या यही परिवर्तित संस्कृति का आघात, उस बेचारी को ऐसे सहमा रहा था या इस घर की उच्च नागरिकता उसे हीनभावना से गुमसुम बनाती जा रही थी? इधर श्रीनाथ की छुट्टियाँ शेष होने को थीं। अपने प्रस्थान का प्रसंग उसने कई बार सुनाया, उसने बड़ी ललक से पत्नी के कमनीय चेहरे की ओर देखा—शायद सम्भावित वियोग का अवसाद उस रहस्यमय चेहरे को विवर्ण कर दे! पर नहीं, वह सुनी की अनसुनी कर फिर अपनी उसी आनन्दमूर्छा में खो गई। मातृहीना विंध्यवासिनी पिता की इकलौती सन्तान थी। सोलह वर्ष की आयु में जब उसने हाईस्कूल परीक्षा प्रथम श्रेणी में उत्तीर्ण की और आगे पढ़ने की जिद की तो पिता ने कहा था, "बहुत पढ़ाई हो गई। अब तेरे लिए रिश्ता ढूँढ़ रहा हूँ। तुझे क्या नौकरी करनी है?" इसी बीच श्रीनाथ का रिश्ता सहसा उनका जीर्ण छप्पर फाड़कर टपक पड़ा तो कौन मूर्ख पिता भला ना कर सकता था! उस पर स्वयं उनकी भानजी ने जोरदार सिफारिश की थी, "आँखें बन्द कर 'हाँ' कर दो मामा! हमारे घर के पुरुष शराब तो दूर सिगरेट, पान, तम्बाकू भी नहीं छूते। वह तो हमारी बिन्दी का भाग्य ही ऐसा था जो श्रीनाथ ने इसे स्वयं ही पसन्द कर लिया।"

फिर एक प्रकार से चट मँगनी पट ब्याह ही हुआ था उसका! पुरोहित पिता ने यथासाध्य दहेज भी दिया था, वैसे तब पहाड़ की शादियों में दिया ही क्या जाता था! दामाद को जरीदार लाल दुशाला, रेशमी शॉल, बहुत हुआ तो एक घड़ी और एक अँगूठी! केशव पण्डित ने पहली बार पहाड़ के नियमों को तोड़ वर के पिता के लिए भी एक दामी पश्मीना रख दिया। उसके समृद्ध यजमानों ने, उन्हें विवाह, जन्मोत्सव, उपनयन आदि अनुष्ठानों में बहुत कुछ दिया था, जिसे उन्होंने जन्मकृपण की निष्ठा से आज तक दाँतों तले दबा, इसी पुत्री के विवाह के लिए सेंतकर धरा था। तब पहाड़ के सम्पन्न गृहों में बाल-विधवाओं का अभाव नहीं था, पूजापाठ, व्रत-अनुष्ठानों में ही उनका अभिशप्त जीवन व्यतीत होता था। ऐसे अनुष्ठानों में वे मुक्तहस्त से दान-पुण्य किया करती थीं और केशव पण्डित ही थे उनमें सर्वाधिक लोकप्रिय पुरोहित। उनका भव्य व्यक्तित्व, तेजोमय चेहरा, सुस्पष्ट संस्कृत का उच्चारण, निर्लोभी स्वभाव उन्हें एक-एक लक्षवर्तिका में ही प्रचुर सुवर्णदान से मण्डित कर जाता। पुत्री के विवाह में केशव पण्डित ने अपना यही संचित सुवर्ण

कोष लुटाकर रख दिया था। किन्तु फिर भी समधियाने में अपनी विजयपताका नहीं फहरा पाए। भाड़ में जाए समधी, दामाद तो लाखों में एक मिला था। किन्तु वह जो एक दिन स्वयं उनके द्वार पर उनकी पुत्री का हाथ माँगने दीनहीन याचक बना गिड़गिड़ा उठा था, वह भी अचानक ऐसे पैंतरा बदल लेगा, इसका उन्हें स्वप्न में भी आभास नहीं था। विवाह को पाँच महीने बीत गए और बेटी एक बार भी मायके नहीं आई। पर नहीं आई इसका अर्थ ही था वह अपने नए घर में सुखी है और अपने नए सुख में पिता को भूल-बिसर गई है। इससे बड़ा सुख और किसी पिता के लिए हो ही क्या सकता था!

पर फिर एक दिन अचानक बिन्दी सूखा-विवर्ण चेहरा और रूखे बाल फैलाए उनके द्वार पर खड़ी हो गई। न साथ में कोई आत्मीय था, न नौकर। सरल ब्राह्मण मन-ही-मन काँप उठा। शनिवार के दिन वह भी पितृविसर्जनी अमावस्या, भला ऐसे मनहूस दिन, ससुरालवालों ने उसे बिना कुछ कहे भेज कैसे दिया? न साथ में सामान था न तन पर गहने। निश्चय ही लड़की ससुराल से भागकर चली आई थी। ''क्या हुआ बेटी, तू कैसे आ गई?'' उन्होंने सशंकित दृष्टि से, उसे सिर से पैर तक देखा। दोनों आँखों के पपोटे सूखे थे जैसे रात-भर रोई हो। सूखे ओठों पर पपड़ियाँ जमी थीं।

''बिन्दी, चल भीतर। कोई देख लेगा तो दस बातें होंगी।'' इधर-उधर देख वे उसे एक प्रकार से हाथ पकड़ ही भीतर खींच लाए और कुंडी चढ़ा दी।

''तू बैठ, मैं चाय बना लाऊँ। गला तर कर फिर बात करेंगे।'' हाथ की पूजा की पुस्तकों को पलँग पर पटक वे चाय बनाने चले। लड़की को चाय का गिलास थमा वे फिर पाण्डेजी के पितरों को विदा करने चले गए थे। कुछ सोचकर उन्होंने फिर पलटकर दरवाजे पर ताला लगा दिया था। कहीं उन्हें आने में विलम्ब होते देख स्वयं यजमान उन्हें बुलाने न टपक पड़ें। लौटकर आए तो देखा पुत्री चित्रांकित मुद्रा में वैसे ही बैठी है, जैसी उसे छोड़ गए थे। चाय का गिलास बिना पिए ही उसने दूर खिसका दिया था।

केशव पण्डित का गला बिना कुछ पूछे ही, बुरी आशंका से अवरुद्ध हो गया। निश्चय ही लड़की ने कहीं गहरी चोट खाई थी। पुत्री का गहन वेदनासिक्त चेहरा देख, उनका कलेजा जैसे किसी ने मरोड़ दिया। काश, आज उसकी माँ होती!

"बिन्दू, बिन्दी...क्या बात है बेटी, अपने बाप को नहीं बताएगी? क्या समधीजी को हमारे लेन-देन से कोई असंतोष है?" इस बार अपनी निर्भीक दृष्टि उसने पिता के विवर्ण चेहरे पर निबद्ध कर दी, "बाबू, मैं अब वहाँ कभी नहीं जाऊँगी, कोशी में कूदकर प्राण दे दूँगी, पर वहाँ नहीं जाऊँगी।" उसकी दृढ़ता निरीह पिता को कँपा गई। पुत्री के मुँह से निकला प्रत्येक वाक्य ब्रह्मवाक्य होता है, यह वे जानते थे।

"आप जानते हैं मैं ऐसे क्यों चली आई?" केशव पण्डित निरुत्तर बैठे ही रहे।

"उन्होंने मुझ पर चोरी का लांछन लगाया बाबू। मुझे कुछ कह लेते पर सबके सामने तुम्हें बुरा-भला कहा।"

"मुझे? पर मैंने क्या किया?"

"कहने लगे कि तुमने अपनी भानजी से साँठ-गाँठ कर, तन्त्र-मन्त्र के पुरश्चरण से उनके बेटे को फाँस लिया। तुमने श्राद्ध-तर्पण कर, जीवनभर मरघट का माल बटोरा है, इसी से चोर बाप की चोर बेटी ने हमारी ही बेटी के गहनों में सेंध लगा दी।"

"चोरी और तू?" सरल धर्मभीरु ब्राह्मण की ईमानदार सफेद मूँछें अविश्वास से काँप उठीं। उनकी इस गाय-सी निरीह बेटी को चोर बनाया उन्होंने! जिसने बाप की अनुमति के बिना, भूखी रहने पर भी कभी कटोरदान से रोटी तक निकालकर नहीं खाई, वह चोर! "हाँ बाबू, पिछले हफ्ते मेरी ननद प्रेमा बम्बई से आई, पता नहीं क्यों आने के दिन से ही मुझसे फूली रही, बात भी नहीं की। आते ही अपने भाई पर बरस पड़ी, 'और कोई नहीं मिली जो भिखारी ब्राह्मण बेटी को ब्याह लाया? मेरे ससुर कह रहे थे, जब उनके बड़े बेटे की अकाल मृत्यु हुई तो इन्हीं को खर्चा भेजकर बम्बई बुलाया था, ये ही तो हैं हमारे पुरोहित! कश्मीरी शॉल, कपड़े, सोना और कितना कुछ बटोरकर तो ले गए थे। अब क्या हम बराती बन उन्हीं के दरवाजे, रोली का तिलक लगवा, शगुन के लिए हाथ फैला सकते हैं? मुझे तो लगता है श्री, बाबू को जो पश्मीना दिया है उन्होंने वह भी हमारे ही घर की प्रेतशय्या का दान होगा।'

" मैं सब सुनती रही बाबू, कुछ भी नहीं बोली। गुस्सा तो तब आया, जब ये सिर झुकाए सब सुनते रहे जैसे सचमुच ही इन्होंने अपराध किया हो। फिर दूसरे ही दिन, प्रेमा ने रो-धोकर सारा घर सिर पर उठा लिया कि

उसकी सतलड़ी, झुमके और पायजेब की पोटली किसी ने उसके सूटकेस से निकाल ली है। घर में और था ही कौन? सास-ससुर, प्रेमा, ये और मैं। नौकर छुट्टी पर चला गया था। वह भी प्रेमा के आने से दो दिन पहले। पूरे घर की तलाशी ली गई और मेरे खुले बक्से से, मेरे कपड़ों के बीच से अपनी पोटली लटकाकर प्रेमा ने अपने भाई के पैरों पर पटक दी, 'ले, दे आ अपने ससुर को। अरे इतना ही रीझी थी मेरे गहनों पर तो मुँह खोलकर मुझसे माँग लेती। मेरे पास क्या गहनों की कमी थी? छिः, थू पड़े ऐसी नीयत पर। बाबूजी, मेरा टिकट खरीद लाइए। मैं अब एक पल भी यहाँ नहीं रहूँगी।' मैं उस धूर्त लड़की की हाथ की सफाई देखकर दंग थी। गूँगी बन गई थी बाबू।'' उसका गला रुँध गया, ''अभी-अभी तो मैं कमरे से गई थी। कब जाकर वह पोटली छिपा आई? मैं चुराती तो क्या बक्सा खुला ही छोड़ आती?

'' ये कहने लगे, 'अब बोलती क्यों नहीं? चुप क्यों हो, सच हो तो कह दो तुमने पोटली नहीं छिपाई।'

'' मैं क्या कहती बाबू, ऐसे व्यर्थ लांछन का क्या उत्तर देती! मैं एक शब्द भी नहीं बोली। इन्होंने सबके सामने मुझे बाहर धकेल दिया और कहा, 'जा अपने भिखारी बाप के पास। खबरदार जो कभी इस घर की देहरी लाँघी। यह शरीफों का घर है।' 'रुक जा यह शॉल भी लेती जा', मेरे ससुर ने तुम्हारा दिया पश्मीना मेरे मुँह पर पटक दिया, 'अपने बाप से कहना, रख ले, घाट जाने के काम आएगा। ऐसे अशौच का दान वे लेते होंगे, हम नहीं लेते...' मैंने फिर पीछे मुड़कर नहीं देखा। तीन मील पैदल चलकर भी बस नहीं पकड़ पाई, एक लकड़ी से लदा ट्रक पिथौरागढ़ जा रहा था, उसी दयालु सरदार ड्राइवर ने यहाँ तक पहुँचा दिया।''

केशव पण्डित ने पुत्री के अश्रुसिक्त चेहरे को दोनों हाथों में भरकर शान्त स्वर में कहा, ''अभी तेरा बाप जिन्दा है बिन्दी, तुझे पाल सकता हूँ मैं, तुझे पढ़ा-लिखाकर तेरे पैरों पर खड़े करने की हिम्मत है मुझमें।''

''पर अब मैं यहाँ नहीं रहूँगी बाबू, दो-चार ही दिन में उनका उगला जहर यहाँ भी फैल जाएगा, न आप मुँह दिखाने लायक रह जाएँगे न मैं। हमारा विश्वास ही कौन करेगा, वे समर्थ हैं, बड़े आदमी हैं, उनकी सब सुनेंगे हमारी कौन सुनेगा!''

''सुनेगा बिन्दी, अवश्य सुनेगा, वह सुनेगा जिसकी मैंने जीवन-भर सेवा की है, वह सुनेगा जिसकी अदालत में झूठी गवाही नहीं चलती।''

बिन्दी की आशंका व्यर्थ नहीं थी, तीसरे दिन ही इष्ट मित्रों के कौतूहली दृष्टि के अंकुश, बाप-बेटी को बींधने लगे। कुछ ने विश्वास किया, कुछ ने नहीं, पर केशव पण्डित ने स्वयं ही अपनी चुप्पी में अपने को समेट लिया। फिर एक दिन बिन बताए पिता-पुत्री, घर में ताला डालकर कहीं चले गए। बहुत दिनों बाद, मँझली को मामा का पत्र मिला था। बिन्दी को वह आगे पढ़ाना चाहते थे, पर वह किसी भी शर्त पर पढ़ने को राजी नहीं हुई। हारकर वे हरिद्वार चले आए। वहाँ अब भी उनके कई समृद्ध गुजराती यजमान थे, उन्हीं ने कुशावर्त घाट के पास एक धर्मशाला में बाप-बेटी के रहने का प्रबन्ध कर दिया है, जीवन के बचे-खुचे दिन, अब पुण्यसलिला भागीरथी के तट पर ही काट लेंगे—"पर मेरे बाद इस अभागिन का क्या होगा, बेटी, वही चिन्ता मुझे खाए जा रही है।"

तीसरे वर्ष फिर मँझली को बिन्दी ने ही पिता की मृत्यु का समाचार दिया था, "मैं भी अब बहुत दूर जा रही हूँ दीदी, मुझे ढूँढ़ने की कभी कोई चेष्टा मत करना।"

मँझली का चित्त खिन्न हो गया था। देखा जाए तो एक प्रकार से वही जिद कर उसे देवरानी बनाकर लाई थी। पर वह अब कर ही क्या सकती थी। सास, ससुर, श्रीनाथ यहाँ तक कि स्वयं उसके पति भी बिन्दी का नाम भी नहीं सुनना चाहते थे—"अपराध न किया होता तो क्या बाप-बेटी ऐसे चोरों की तरह मुँह छिपाकर भागते?" उसके पति ने ही तो कहा था।

बरसों बीत गए। श्रीनाथ के माता-पिता जब तक जीवित रहे, उससे दूसरा विवाह करने के लिए बार-बार कहते रहे। बहन प्रेमा ने तो एक बार अपने एक कन्वेंट शिक्षित सहेली की चचेरी बहन से रिश्ता भी लगभग पक्का कर दिया था। पर श्रीनाथ ने विवाह नहीं किया। कहीं-न-कहीं उसके शंकित चित्त में छिपा संशय भुजंग बीच-बीच में उसे डसता रहता। क्या वह सीधी-भोली लड़की उसकी बहन का गहना चुरा सकती थी? अपनी बहन को क्या वह नहीं जानता था! झूठी चुगली खाने की तो उसे बचपन से ही आदत थी, कभी नौकरों के विरुद्ध झूठी-सच्ची लगाकर माँ के कान भरती, कभी भाभियों के पीछे हाथ धोकर पड़ जाती। अन्त तक श्रीनाथ को यही उम्मीद थी कि एक-न-एक दिन बिन्दी स्वयं लौट आएगी। अपने पौरुष, पिता के वैभव और अपनी योग्यता पर उसे शायद आवश्यकता से कुछ अधिक ही भरोसा था।

पढ़ाई समाप्त करते ही, एक प्रख्यात कम्पनी ने, वहीं उसका स्वयंवरी चयन कर लिया और फिर तो आज तक पीछे मुड़कर नहीं देखा। भारत की समृद्धि से जी ऊबने लगा तो वह अमरीका चला गया, सात वर्ष के प्रवास ने उसे ऐश्वर्यमंडित ही नहीं किया, अनुभव-समृद्ध भी कर दिया। इसी बीच एक करोड़पति पतिपरित्यक्ता प्रौढ़ा से उसका परिचय हुआ और देखते-ही-देखते वह परिचय प्रगाढ़ साहचर्य की डोर में बाँध, उसे उसके विशाल कासल में खींच ले गया। जितना वेतन वह पाता था उतना तो वह अपने सेक्रेटरी को देती थी, "तुम भी मेरे सेक्रेटरी बन सकते हो, एक सेक्रेटरी से मेरा काम अब नहीं सँभलता।" वयस में उसकी नवीन स्वामिनी उससे दूनी थी, किन्तु नाना बैसाखियों से टिके, उस गतयौवना के अस्ताचलगामी प्रखर रौद्र सौन्दर्य की मरीचिका में बेचारा भटककर रह गया था। निकट से देखने पर भी, उसकी सँवारी देहयष्टि, अनुभवी पारखी आँखों को छलने में पूर्ण रूप से समर्थ थी। धीरे-धीरे वह मायाविनी उसे एक से एक दामी उपहारों से लादती प्रेम की ऐसी-ऐसी मनोहारी अली-गलियों में खींच ले गई कि वह उसका दासानुदास बन गया। बीस कमरों का कासल, जंगी जहाज-सा विलास की आधुनिकतम सज्जा में सँवरा बजरा, जयपुर से मँगवाए गए संगमरमर का पटा स्वीमिंग पूल, दीर्घांगी कारें, हिनहिनाते असंख्य चेतकों से भरा स्टेवल और बहुमूल्य दुर्लभ डिनर सेट, जिसकी रूपाभ आभा को वह अपने हाथों से चमकाती थी। धीरे-धीरे रिमोट कंट्रोल से गृह के द्वार ही नहीं, स्वयं गृहस्वामी भी संचालित होने लगा। भले ही विवाह न हुआ हो, गृहस्वामी तो वह बन ही चुका था।

पर फिर कहते हैं ना कि एक-न-एक दिन सुखद से सुखद परिस्थिति का भी अवसान अवश्यंभावी होता है, ऐसी ही एक रात को उसके दुष्ट ग्रहों ने अपना कुचक्र आरम्भ कर दिया। आधी रात को वह बिना प्रेयसी को सूचित किए लौटा, तो देखा साज-सज्जविहीना विवसना उसकी प्रिया पलँग पर ही औंधी पड़ी है। शायद देर तक कोई पार्टी चली थी, बत्ती जलाने पर भी वह नहीं जगी। उसके ध्रुपदी खर्राटे सुन वह झल्ला उठा। जाहिर था कि मदालसा ने जी भरकर चढ़ाई है। विरक्ति से श्रीनाथ का रोम-रोम सिहर उठा। आज पहली बार उसे 'डेंचर विहीना' देख रहा था। उस पोपले मुँह का खुला गह्वर उसे किसी दानव का गुहाद्वार-सा लगा। बचपन में माँ से सुनी वह कहानी याद हो आई, जब कायाकल्प कर कोई बीभत्स चुड़ैल, पल-भर

में सुन्दरी बन, किसी राजा को रिझा उसकी पटरानी बन बैठती है और फिर एक दिन आधी रात को राजा अचानक देखता है, वह असावधानीवश उसकी अनुपस्थिति में पुनः अपने कदर्थ कलेवर में लौट आई है।

श्रीनाथ फिर एक पल भी वहाँ नहीं रुका। उसके लिए समस्त उपहार वहीं छोड़ केवल अपना वही सूटकेस लेकर तीर-सा निकल गया था जिसे लेकर तीन वर्ष पूर्व यहाँ आया था। यद्यपि कायर की भाँति, वह ऐसे भागना नहीं चाहता था, वह होश में होती तो शायद वह उसे कहकर ही जाता। पर अब, उसे न उसकी चिन्ता थी न पश्चात्ताप। उस समृद्ध सिंहिका के लिए, कभी भी गबरू जवानों का अभाव नहीं हो सकता था। मुँह खोलते ही तो एक से एक सजीला प्रणयी, स्वेच्छा से उस दंतहीन गह्वर में टपक पड़ेगा। चिन्ता तो उसे उसकी थी, जिसे उसने अकारण ही दण्डित कर, एक ही झूठे साक्षी की गवाही सुन तीस वर्ष का वनवास दे दिया था, पश्चात्ताप की अदृश्य आग्नेय लपटें तो उसे अब उसके लिए पल-पल झुलसा रही थीं, जिसकी करुण असहाय दृष्टि ने, एक बार भी दया की गुहार नहीं लगाई। नौकरी की उसे चिन्ता नहीं थी, भारत जाते ही ऊँची से ऊँची मल्टीनेशनल कम्पनी भी उसे हाथों ही हाथों में उछाल लेगी। विदेश का अनुभव, स्वयं उसके व्यक्तित्व का ठसका क्या कुछ कम था? जन्मजात एक्जिक्यूटिव ही तो था वह। सीधे पहुँचा मँझले दद्दा के पास बम्बई। मँझली ही उसे उसका पता दे सकती थी, जिसके चरणों में पछाड़ खाकर, क्षमा माँगने वह कुबेर का छत्र त्याग, इतनी दूर चला आया था।

"बड़ी देर कर दी श्रीनाथ," मँझली ने एक लम्बी साँस खींचकर कहा तो वह काँप उठा, "अब वह तुम्हारी पहुँच से बहुत दूर चली गई है।"

"तब क्या वह नहीं रही?" श्रीनाथ का हृत्पिंड घड़ी के पेंडुलम-सा हिल उठा, मुँह खोलकर कुछ पूछने का भी साहस नहीं हुआ उसे।

फिर मँझली ही कहने लगी, "हाँ श्री, अब वह हमारे लिए नहीं रही। संसार में है भी और नहीं भी।"

"क्या पहेली बुझा रही हो भाभी, साफ-साफ क्यों नहीं कहतीं?"

"तब सुनो, तुमने उसे ढूँढ़ भी लिया तो वह तुमसे बात नहीं कर सकती। अब वह बिन्दी नहीं रही, सिद्धि माई है। मौनव्रतधारिणी साक्षात् योगमाया किसी से नहीं मिलती। संध्या को एक बार भक्तों को दर्शन देने बाहर

निकलती है। मैं भी वहीं मिली थी।''

''तुम्हें पहचाना?''

''पहचानती कैसे नहीं!''

''कुछ कहा?''

''कहती कैसे? कहा ना मैंने, वर्षों पूर्व उसने मौनव्रत ले लिया, मामाजी के मरने के बाद वर्षों तक मैं उसका पता नहीं लगा पाई। कभी सुनती मायावती आश्रम में चली गई है, कभी आनन्दमयी के आश्रम में। फिर ऋषिकेश की किसी पर्वतगुहा में गहन साधना में लीन रही। फिर उसके एक भक्त ने ही उसका पता दिया था और तुम्हारे भाई से लड़-झगड़कर मैं अकेली ही उसे खोजने चली गई थी।''

''तुम्हें देखकर कुछ भी नहीं बोली?''

''फिर वही! बोलती कैसे? हाँ, हँसी जरूर थी श्री, पर कैसी हँसी थी! बाप रे बाप, लगा उस हँसी ने मुझे बर्फ की सिल्ली से दबाकर रख दिया है, सिर से पैर तक एक-एक शिरा झनझना उठी थी।'' भाभी से पता लेकर, वह दूसरे ही दिन वर्षों से रूठी इष्टमूर्ति को मनाने चल पड़ा था। इस बार दुर्धर्ष उग्र देवी को पराजित करने, उसने अपने एक-एक आयुध को सान में धरकर परख लिया था। सौ फीसदी खाँटी एक्जिक्यूटिव ने अपने जिरह-बख्तर का एक-एक कलपुर्जा बड़े यत्न से सँवारा था। जिस ईर्ष्यणीय श्रेणी से वह अंतर्भुक्त था उसके मान की रक्षा करना अब तक उसका स्वभाव बन चुका था। उसके इस पद के लाइफ स्टाइल का एक व्यापक विशिष्ट जनग्राह्य रूप है, यह वह जान गया था। मिडनाइट ब्लू विदेशी सूट के नीचे, उसकी मार्क एण्ड स्पेंसर की हल्के नीले पिनस्ट्राइप की कमीज, सुनिपुण हाथों से बँधी बूटीदार टाई, जो उसके पास पूर्व प्रेयसी का एकमात्र स्मृतिचिह्न रह गई थी, हाथ की ओमेगा घड़ी, जो उसकी पुष्ट कलाई पर बँधी, उसके लाख टके के व्यक्तित्व के साथ कदम-से-कदम मिलाकर चल रही थी। लाल रंग का विशिष्ट ब्रीफकेस, जिसकी नम्बरों की प्रहेलिका केवल स्वामी ही सुलझाकर उसे खोल सकता था और ओंठों से लगी उसके प्रिय सिगरेट, रोस्टेड टोबैको का मदिर कड़ुवा धुआँ छोड़ती मार्लबरो। नवजात शिशु के दूधिया नितम्बों-से कोमल कपोलों को उसने सुगन्धित 'आफ्टर शेव' की पिचकारी से सिक्त किया तो दोनों गाल, उस विदेशी अगरु-चन्दन की शीतल फुहार से सनसना उठे। फिर उसने ओ डी कॉलोन की कई शीशियाँ निकालकर मेज़ पर बिखेर दीं।

कौन-सा लगाएँ आज?

इंग्लैण्ड के प्राचीन घराने की समस्त विश्व को सुरभित करने में समर्थ 'वुड्स ऑफ विंडसर' या फ्रांस की प्रसिद्ध 'रोजेगाले'? या फिर पश्चिमी जर्मनी की प्रसिद्ध '4711'? उसने कुछ सोचकर 'वुड्स ऑफ विंडसर' ही उठा ली। इस सुगन्ध में ही तो उसे सदा पहाड़ के देवदार, चीड़, बाँज, अंयार की बयार का आभास होता था, ठीक जैसे कौसानी के वन-अरण्य में पहुँच गया हो। नहीं, क्रिस्तीन दियोर की जूल की मादक सुगन्ध ही आज पंचशर को समर्थ बनाएगी। पूरे कमरे में मधुर सुगन्ध ओना-कोना महकाती मँडराने लगी। वह स्वयं अपनी ही देह गन्ध से विभोर हो, मृगमद से मस्त मृग-सा ही झूम उठा। ओंठों पर एक विचित्र स्मित तिर उठा। उसे लगा वह एक बार फिर नौशा बना बैठा है। और दोनों भाभियाँ पिसे 'विस्वार' (चावल का आटा) से उसके ललाट पर बुंदकियाँ धर रही हैं, साथ में चल रही चुहल उसे नए जोश, नई उमंग, अधीर प्रणय कामना से कैसे उल्लसित कर रही थी! हल्दी पोतती बड़ी भाभी ने कहा था, "अरी मँझली, इसके साँवले चेहरे पर जमकर हल्दी पोत देना आज, नहीं तो कन्या पक्ष के गाने इसका भुरता बना देंगे—बाबा हम गोरी वर साँवरो।"

तीनों भाइयों में से एक वही साँवला था, पर उसी साँवले रंग पर तो वह विदेशिनी रीझी थी। कहती थी, 'कोबरा की पीठ-सी चमकती है तुम्हारी नंगी पीठ डार्लिंग।'

आज भी उसका पौरुष उतना ही दर्शनीय, उतना ही सम्मोहक था, कठोर-से-कठोर नारी उसकी अवमानना नहीं कर पाएगी, फिर भी, दर्पण में बार-बार अपना प्रतिबिम्ब देखकर भी उसे न जाने कैसा भय हो रहा था, वह हराने जा रहा था या हारने?

दुर्बल हृदय को थोड़ा सहारा देना ही होगा। संध्या को वह अमूमन स्कॉच ही लिया करता था, पर क्या ऐसी पवित्र स्थली में ऐसा तामसी पेय घुटककर जाना ठीक होगा? पर इस भीरु हृदय कपोत को तो साधना ही होगा, नहीं तो वह सब कैसे कह पाएगा, जिसे कहने सात समुद्र पार कर यहाँ आया है। एक ही घूँट में गिलास खाली कर वह होटल के कमरे में ताला डालकर बाहर निकल आया। बार-बार सूट की धूल झाड़ता, कंघी से बाल सँवारता, वह अता-पता ढूँढ़ता पहुँच ही गया था। धर्मशाला से ही संलग्न वह छोटा-सा

आश्रम सघन वृक्षों से घिरा था। भगवा साड़ी का आँचल गर्दन से लपेटे एक मर्दानी वैष्णवी उसे देखते ही बढ़ आई, "क्या है? संध्या से पहले यहाँ पुरुषों का प्रवेश वर्जित है, नहीं जानते क्या?"

"मुझे विंध्यवासिनी देवी से मिलना है।" उसने रोबीले स्वर में कहा।

"तो यहाँ क्यों आए हो, मिर्जापुर जाओ। जानते नहीं, वहीं तो विंध्यवासिनी का मन्दिर है।" वह फिर बड़ी अवज्ञा से हँसकर जाने को उद्यत हुई।

"सुनिए, मुझे उनसे जरूरी काम है।"

"किससे?"

"विंध्यवासिनी देवी से..."

"अरे बाबा, माथाय दोष ना की रे तोर?" (पागल है क्या रे तू?) वह बंगाली थी, किन्तु देखने में जाटनी लग रही थी। हृष्ट-पुष्ट, ताड़-सी लम्बी!

"हम बोला ना बाबा, यहाँ कोई विंध्यवासिनी नहीं रहता। यह सिद्धि माँ का आश्रम है।"

"हाँ-हाँ, उन्हीं से मिलना है।" वह बड़ी ललक से दो कदम बढ़ा ही था कि वैष्णवी ने डपट दिया, "ओहे खैपा—दूरे थाक आमी एक्खूनी स्नान कोरेछी।" (अरे पगले, दूर हट, मैं अभी नहायी हूँ।)

"यकीन मानिए, मैं बड़ी दूर से आया हूँ, उनसे कुछ बात करनी है..."

"बात?" वह सिर पीछे कर जोर से हँसी और उसके खुले मुँह में कतार की कतार में सोने से बँधे दाँत, विद्युत् वह्नि-से चमक उठे।

"उनसे मिलने आया है और इतना भी नहीं जानता कि माँ किसी से बात नहीं करती! दस साल से मौन व्रत लिया है उन्होंने..."

हारकर वह सजा-सँवरा एक्जिक्यूटिव फिर घण्टों संध्या की प्रतीक्षा में, यूक्लिप्टस के लम्बे वृक्ष से पीठ साधे बैठा रहा था। संध्या को, भक्तों को दर्शन देने नित्य बाहर निकलती हैं यही कहा था भाभी ने। देखते-ही-देखते संध्या घनीभूत हुई और भक्तों की भीड़ ने आश्रम का प्रांगण घेर लिया। वह भीड़ को ठेलता, सबसे आगे की पंक्ति में बैठ गया।

वही स्वर्णदन्ती मर्दानी वैष्णवी फिर मिट्टी की बनी वेदी पर एक कुशासन बिछा गई। भक्तों की भीड़ में सहसा आवेग का आलोड़न हुआ, ठीक जैसे किसी प्लेटफॉर्म पर बहुप्रतीक्षित ट्रेन की सम्भावित आगमनी पर होता है।

स्वर्णदन्ती वैष्णवी एक बार फिर मंच पर आकर खड़ी हो गई, "आप

सब लोग शान्त होकर बैठिए, माँ पधार रही हैं।" क्षण-भर पूर्व की चिड़ियों-सी चहकती भीड़ में सन्नाटा छा गया। ऐसा सन्नाटा कि सूई तो सूई, तिनका भी टपकता तो शायद घन बनकर गरजता।

वह आई और बिना दाएँ-बाएँ देखे, आँखें बन्द कर पद्मासन में वेदी पर बैठ गई। मोटी भगवा साड़ी ही उसका एकमात्र परिधान थी। खुले केश, शान्त, दमकते सूर्य-से उज्ज्वल चेहरे पर न भावप्रवणता, न आवेग, न उद्वेग। सहसा उसने आँखें खोलीं। श्रीनाथ को लगा कि वह बिन्दी नहीं, हाई पावर का विद्युत् स्पंदित कोई नंगा तार ही उसके सामने झूल रहा है। छू भी गया तो प्राण हर लेगा।

कभी इन्हीं तेजोद्दीप्त कोमल कपोलों पर उसके दंतक्षत उभरे थे, कभी इसी जटा बन गई वेणी को उसने हाथ में ले-लेकर सहलाया था, इस शुभ्र ललाट पर, जहाँ अब भस्म का टीका लगा है, उसी ने अपने हाथ से सिन्दूर का टीका लगाया था। आज यह खूनी माँग, जो वन-अरण्य की पगडण्डी-सी मानव पदचिह्न विरहित सूनी पड़ी है उसमें सिन्दूर की प्रथम प्रगाढ़ रेखा उसी ने तो आँजी थी और ये किसी क्षत्राणी के-से सुडौल स्कन्धद्वय, उन्हें भी तो उसी के जल्लाद हाथों ने पकड़कर अपनी देहरी से बाहर किया था।

फिर आज घाट-घाट का पानी पीकर, वह किस दुःसाहस से यहाँ चला आया!

अब छूकर देख तो ले इन कपोलों को, सहला तो ले उसकी उलझी लटों को। मूर्ख श्रीनाथ, तेरे हस्ताक्षर, इस ललाट और इस माँग से तू स्वयं अपने ही हाथों से मिटा चुका है। अब क्या लेने यहाँ आया है, खाक!

उसका अन्तःकरण, उसे चाबुक पर चाबुक मारे जा रहा था। सहसा स्वर्णदन्ती वैष्णवी, जो सम्भवतः आश्रम की हेड सन्तनी थी, ने मधुर स्वर में लक्ष्मी वन्दना आरम्भ की—"महालक्ष्मी नमस्तुभ्यं, संसारार्णव तारिणी..."

वर्षों पूर्व की स्मृति श्रीनाथ को पागल बना गई। पिता के पीछे खड़ी किशोरी बिन्दी और आज सिर से पैर तक बदल गई सिद्धि माँ! पूजा शेष हुई। फिर हँसती हुई माँ एक-एक कर भक्तों की ओर प्रसाद के फल उछालने लगी। एक सेब मन्त्रमुग्ध-शंखचूड़ भुजंग बने श्रीनाथ की गोद में भी गिरा। एक पल को दाता और भिक्षुक की आँखें चार हुईं। वह हँसी।

ठीक कहा था भाभी ने। "मुझे लगा उसकी हँसी ने मुझे बर्फ की सिल्ली में दाब दिया।" श्रीनाथ का अहं फिर उद्धत हुआ। शंखचूड़ भुजंग ने फन

उठाया, "देख, देख मेरा ऐश्वर्य, मेरी सज्जा, मेरा दर्शनीय व्यक्तित्व, देख बिन्दी, देख, तूने क्या गँवा दिया है..." इस बार वह जैसे हृदय की भाषा पढ़कर आँखों-ही-आँखों में उत्तर दे रही थी। पर यह तो उत्तर नहीं, जैसे अमोघ विलम्बित विष था, जो देखते-ही-देखते उसके पूरे शरीर में फैल, उसके अहं के औद्धत्य, आत्मविश्वास, ऊँचे पद को डसकर अवश बना रहा था।

"अब आप लोग स्वगृहों को प्रस्थान करें, माँ की पूजा का समय हो रहा है।" स्वर्णदन्ती ने हाथ जोड़कर कहा और देखते-ही-देखते आज्ञाकारी भक्तों की भीड़ छँट गई। माँ उठकर भीतर चली गई।

नहीं गया श्रीनाथ! उसी यूक्लिप्टस के तने से पीठ सटाकर वह बैठ गया। दूर-दूर तक प्रदीपों की कतार-की-कतार जगमगाने लगी थी, कुछ दीये टिमटिमाए, कुछ बुझे, कुछ जलते रहे। पर वह नहीं उठा। अचानक स्वर्णदन्ती वैष्णवी थाली-भर जलते दीये बरामदे में रखने आई और उसे देखते ही भुनभुना उठी, "यह क्या, तुम यहाँ क्यों बैठे हो! प्रसाद नहीं मिला क्या?"

"मिल गया।"

"तब? जानते नहीं आश्रम में दर्शन के बाद कोई नहीं रुक सकता।"

"मुझे उनसे मिलना है।"

"मिलना है।" उसी के स्वर की नकल कर वह कठोर स्वर में कहने लगी, "कितनी बार हम समझाया रे बाबा, माँ किसी से नहीं मिलती।"

"मुझसे मिलेगी," उसका दृढ़ आत्मविश्वासी उत्तर सुनकर वह मर्दानी वैष्णवी भी अवाक् खड़ी रह गई।

"जाओ, जाकर कहो श्रीनाथ आए हैं। नहीं कहा तो यह समझ लो कि जब उन्हें पता चलेगा, तुमने मुझे उनसे मिलने नहीं दिया तो तुम्हारी शामत आएगी।"

इस बार वह निर्भीक वैष्णवी भी सहम गई। कौन हो सकता था यह? माँ का कोई विशेष प्रिय भक्त या निकट का कोई आत्मीय?

वह बड़बड़ाती भीतर गई और उल्टे पैर लौट आई, "चलो, बुला रही हैं।" उसका व्यंगात्मक कण्ठ-स्वर क्रमशः प्रगाढ़ हो रहे अन्धकार में विष-बुझे तीर-सा सनसनाया। वह उस छोटे-से कमरे में अकेली खड़ी थी। जिसकी वाणी की प्रगल्भता, अभिजात अनुभव, उन कैसे-कैसे दिग्गज विदेशी शूरवीरों की विदग्ध गोष्ठियों में सदा अजेय बना देते थे, वह सहसा गूँगा बन गया।

वह उसे उसी शान्त, स्निग्ध, निरुद्वेग दृष्टि से देखती जा रही थी। और वह प्रति पल जलती नन्ही मोमबत्ती-सा विगलित होता जा रहा था।

उसकी पहली अस्फुट याचना शायद वह सुन नहीं पाई।

वह खड़ी ही रही। अचानक स्वर्णदन्ती एक कुशासन बिछाकर, उसे एक स्लेट थमा गई, "बैठिए और जो पूछना हो चटपट स्लेट पर लिखकर पूछ लीजिए, माँ की पूजा का समय हो रहा है।"

पर बह नहीं बैठा, बैठता कैसे? वह तो खड़ी ही थी।

जो कुछ उसे पूछना था, वह क्या इस नन्ही स्लेट में समा पाएगा?

उसने स्लेट पर कुछ नहीं लिखा। दृढ़ स्वर में कहा, "मैं तुम्हें लेने आया हूँ बिन्दी! जो कुछ हुआ उसे भूलकर, मुझे क्षमा कर दो। मैं तुम्हारा पति हूँ बिन्दी, यह अधिकार मैंने अभी भी नहीं खोया है।"

फिर वह अपनी दुर्बल दलील से स्वयं ही कुण्ठित हो, खिसियायी हँसी हँसा। एक पल को वह उसे उसी मर्मभेदी दृष्टि से देखती रही, जैसे उसकी एक-एक पसली का एक्स-रे ले रही हो। फिर उसने उसके हाथ से स्लेट उठा ली। एक पल को श्रीनाथ का हाथ उसके हाथ से छू गया। एक-एक शिरा झनझनाकर उसे संज्ञाशून्य-सा कर उठी, जैसे बिजली का जोरदार झटका लगा हो।

अपनी बात कितने कम समय में कितनी सहजता से वह स्लेट पर लिख गई थी। "मैंने आज तक जीवन में पराई वस्तु का कभी स्पर्श भी नहीं किया है, मैं निर्दोष थी, अब मैं जहाँ हूँ वहाँ से लौटना असम्भव है। अब न मेरा कोई अतीत है, न वर्तमान, न भविष्य, तुम चले जाओ। और फिर कभी यहाँ न आना। एक बात तो सुनते जाओ—वह पश्मीना किसी प्रेतशय्या का दान नहीं था। बाबू ने कश्मीरी फेरीवाले से पूरे दो हजार रुपए देकर खरीदा था।"

उसके पढ़ते ही, स्लेट उसके हाथों से लेकर उसने अपनी लिपि, अपने ही भगवा आँचल से मिटा दी और पलक झपकाते ही अपनी पर्णकुटी की किसी अंधी गली में खो गई।

ठीक ही तो किया था उसने। तीस वर्ष पूर्व उसने भी तो उसे ऐसी ही सजा दी थी—'खबरदार तो कभी इस घर की देहरी लाँघी!' आज किस सहजता से वह अपना प्रतिशोध ले गई थी।

"अब जाइए महाराज।" स्वर्णदन्ती सहसा क्या किसी छत से टपक पड़ी थी?

"चलिए बाहर।" उसने ऐसे अशिष्ट स्वर में कहा जैसे कह रही हो—"नहीं गए तो धक्का देकर बाहर कर दूँगी!"

वह चुपचाप चला गया।

कुशावर्त घाट की सीढ़ियों पर वह फिर न जाने कब तक बैठा रहा।

गंगा की उग्र तरंगें बार-बार सीढ़ियों पर पछाड़ खाती, उसके पैरों को भिगो रही थीं। जूते उतार, उसने उसी शीतल धारा में देर तक नंगे पैर डुबो दिए थे, चमकते जूतों से लेकर दमकता विदेशी सूट, प्रेयसी प्रदत्त टाई, ओमेगा घड़ी, सिगरेट का रोस्टेड टोबैको, जाँ मारी फ्रांसिस घराने के फ्रेंच 'रोजेगाले', उसकी कम्पनी के बहुमूल्य 'पर्क्स' जिन्होंने उसके आँगन में ही कुबेर का छत्र गाड़कर रख दिया था, सहसा बहते-बहते उसी पावन जलधार में सदा के लिए विलीन हो गए। देश-विदेश में अपनी योग्यता की विजयपताका फहरानेवाला मल्टीनेशनल कम्पनी का वह वीर सेनानी, सहसा अपदार्थ नगण्य चिर दरिद्र बना, उस निर्जन घाट पर आज भिक्षुक बना खड़ा था। उसके आधुनिकतम परमाणु स्पंदित आयुध भी उसे विजय दिलाने में अक्षम रहे।

गंगा की लहरों में लहराता एक आटे का जलता प्रदीप उसी की ओर चला आ रहा था। आश्चर्य था कि उन तीव्र तरंगों और तेज हवा की चपेटों में भी वह निष्कंप प्रदीप तैरता चला आ रहा था। सहसा, वह एकदम उसके पास तिरता चला आया। उसने हाथ बढ़ाया कि उसे छूकर क्षण-भर को रोक ले, किन्तु उसका हाथ प्रलम्बित ही रहा। उसके प्रयास को व्यर्थ कर वह निष्कंप प्रदीप, वेगवती धारा में बहता, टिमटिमाता उसकी पकड़ से बहुत दूर चला गया। उसे लगा, पकड़ से दूर बहे जा रहे उस निष्कंप प्रदीप के साथ-साथ हिमगिरि शिखरों से उतरी उसकी चाँचरी भी पर फैलाए लौ को बचाती, उसकी पकड़ से दूर चली गई है—बहुत दूर!

पाथेय

पुराणों में जो, तिलोत्तमा की कथा है कि समस्त अप्सराओं के सर्वोत्तम अंगों का सौन्दर्य तिल-तिल कर, अपूर्व सुन्दरी तिलोत्तमा की सृष्टि हुई, शायद उसी की पुनरावृत्ति, इतिहासविधाता ने एक बार साकार कर दी थी। किन्तु, आज दुर्भाग्य से हमारे सौन्दर्य की परिभाषा ही बदल गई है। शायद इसीलिए भी कि अब वैसे ऐतिहासिक सौन्दर्यमण्डित चेहरे, ढूँढ़ने पर भी नहीं दिखते। कुछ तो नारी-सौन्दर्य की सृष्टि में, विधाता ही कृपण हो चला है, दूसरी, इस युग की नारी, थोड़े-बहुत लावण्य की स्वामिनी होती भी है, तो स्वयं अपने हाथों नैन-नक्श सँवार, विधाता के नम्बर काटने लगी है। इसीलिए ऐसी सौन्दर्य-वर्णना अविश्वसनीय ही लगती है, उस पर जिस डॉ. तिलोत्तमा ठाकुर की विचित्र कहानी आज लिखने बैठी हूँ, वह और भी अविश्वसनीय लगेगी, यह मैं जानती हूँ, फिर भी क्यों लिख रहीं हूँ, यह मैं स्वयं नहीं जानती। गुरुदेव रवीन्द्रनाथ की एक प्रसिद्ध कविता, आज बार-बार झकझोर रही है—लिख डाल, मुक्ति पा ले : अपनी व्याकुलता से उस कविता में, आदिकवि को छंद मिलने और व्यक्त न कर पाने की व्याकुलता का जो जीवंत वर्णन कवि ने किया है, वह मुझे आज तक अन्यत्र नहीं मिला।

क्रौंच मिथुन में से एक को निहत देख, वाल्मीकि के मुख से अचानक नए छन्द का आविर्भाव हुआ, छन्द तो मिल गया पर विषय नहीं। पागल की तरह, अव्यक्त छन्द की प्रसव-वेदना से छटपटाते वाल्मीकि, वन में घूम रहे थे—कि छन्द को कैसे व्यक्त करें, यह व्यथा सामान्य व्यथा नहीं होती, छन्द छटपटाकर बाहर आने को व्याकुल लेकिन लिखें कैसे? तब ही, देवर्षि नारद मिल गए—आदिकवि ने कहा—अब तक देवता के छन्द ने देवता को मनुष्य बनाया है—मैं मनुष्य को देवता बनाना चाहता हूँ—कोई चरित्र बताइए—

नारद ने अयोध्या के राजा राम का नाम सुझाया।

कवि बोले—यह नाम तो मैंने भी सुना है किन्तु मैं उनके पूरे चरित्र को तो नहीं जानता—कहीं सत्यभ्रष्ट न हो जाऊँ। नारद ने हँसकर कहा :

नारद कहिलो हाँसी
सेई सत्य जा रचिबे तुमि
घटे जा, सब सत्य नहे।
कवि तव मनोभूमि
रामेर जन्मस्थाने अयोध्यार चेये सत्य जेनो

मनुष्य को देवता बनाना ही छन्द-साधना का चरम लक्ष्य है—ऐसा विषय खोजो जिसमें मनुष्य देवता बने, लोभ-मोह-स्वार्थभार से ऊपर। स्मरण रखो, जो कुछ घटता है, वह सत्य ही नहीं होता, जो तुम कहोगे वही सत्य होगा। अपनी मनोभूमि को, रामजन्म-भूमि अयोध्या की अपेक्षा कहीं अधिक सत्य मानो—आज अपनी उसी मनोभूमि को सत्य मानकर लिख रही हूँ—

तिलोत्तमा ठाकुर से मेरा परिचय, वर्षों पूर्व कलकत्ते में विद्यासागर कालेज में हुआ था, उसकी ममेरी बहन छन्दा, आश्रम के कलाभवन की छात्रा थी, उसी ने हमें, उसके लिए एक सिफारिशी पत्र भी दिया था—"तुम लोगों का परीक्षा केन्द्र भी वही है, तिला का भी। परीक्षा के बाद तुम्हें कलकत्ता घुमा देगी—"

पहले ही दिन वह हॉल में आई तो सैकड़ों परीक्षार्थियों की आँखें स्वयमेव उसी ओर उठ गईं। मैं वर्षों बंगाल में रही हूँ, किन्तु ऐसा दूधिया रंग मैंने इतिपूर्व बंगालियों में कभी नहीं देखा। लगता था कहीं-न-कहीं उसके वंश में आंग्ल आभिजात्य का छींटा अवश्य पड़ा होगा—तीखी नाक, पृथुल अधर, तेजस्वी मुख-मुद्रा और अधमुँदी आँखें, जैसे हर वक्त अधूरी नींद पलकें ढलका रही हो।

"ऐसी आँखों की स्वामिनी स्वभाव से ही कृपण होती है और पुतलियों का रंग देखा? एकदम हरा—'बेड़ालेर चोख' (बिल्ली की आँखें) कमला तर्वे का ईर्ष्याकातर स्वर मेरे कानों में फुसफुसा उठा था। क्या अद्‌भुत परिपाटी से जूड़ा बाँधा गया था। बन्दगोभी से अँटे ठसे जूड़े में चाँदी के घुँघरूदार सन्थाली काँटे लगे थे, जो उसकी गर्वीली ग्रीवा के इधर-उधर होते ही बज उठते—छन्न-छन्न। कानों में सोने की चेन में लटके, लाल चेरीगुच्छ-से पुंजीभूत माणिक और कण्ठ में वैसी ही सोने की चेन। चौड़े जरीदार पाड़ की सफेद

शांतिपुरी साड़ी की कड़ी कलफ देख, नित्य श्रीनिकेतनी घर की धुली साड़ी पहननेवाली हम वन-कन्याओं के, साड़ी-लोलुप हृदयों की लार टपकने लगी थी। किसी को कुछ न समझनेवाली अवज्ञापूर्ण दृष्टि से एक बार हमें देख, वह फिर दाएँ-बाएँ देख टप्प से अपनी कुर्सी पर बैठ, प्रश्न-पत्र की प्रतीक्षा करने लगी थी—"देखा, कैसी घमंडी है, अब कौन देगा इसे छन्दा की चिट्ठी? कोई फायदा नहीं—यह क्या खाक घुमाएगी हमें। ठाकुर बाड़ीर मेये हे"—(ठाकुरबाड़ी की लड़की है जी)—कमला हमेशा ऐसी ही मनहूस भविष्यवाणी किया करती थी—

"तुझे कैसे पता था?"

"मूर्ख, एडमिशन कार्ड देख लिया है उसका, तिलोत्तमा टैगोर—"

किन्तु, टैगोर परिवार से उसका दूर का भी कोई रिश्ता नहीं था। राजा की पदवी उसके प्रपितामह को कभी प्रसन्न होकर, कम्पनी बहादुर ने दी थी और ठाकुर को टैगोर उन्होंने स्वयं बना लिया था। कभी वे बहुत बड़े जमींदार थे, किन्तु अब सबकुछ ही बिक गया है, अच्छा है एक ही बेटी है तिला, मेरे पिता को ही उसका विवाह करना पड़ेगा—छन्दा ने आने से पहले जिस भाषा में सबकुछ बताया, उससे लगा, अपनी बुआ से उनके गृहसम्बन्ध बहुत सुविधाजनक नहीं हैं।

तिला को देखते ही हमारी समझ में आ गया, छन्दा क्यों उससे अप्रसन्न है—"पत्र तो मैं लिख देती हूँ पर वह बेहद घमंडी है, हो सकता है तुम्हें घास भी न डाले।"

किन्तु, पत्र पढ़ते ही तिला का चेहरा दमक उठा—"मैं तुम्हें खूब घुमा दूँगी—पहले अपने गाँव ले चलूँगी सुवर्णपुर—यहाँ से तीस ही मील तो है।" फिर तो वह हमसे ऐसे घुलमिल गई जैसे वर्षों से हमें जानती हो, विशेषकर मुझसे उसकी बहुत बनती थी—परीक्षा समाप्त होते ही उसने हमें जी भरकर घुमाया और जाने से एक दिन पहले अपनी जमींदारी दिखाने, खाने को न्यौत दिया।

घर क्या था, अच्छा-खासा महल था—यद्यपि स्थान-स्थान पर पलस्तर खिसका पड़ा था, लगता था वर्षों से मरम्मत नहीं हुई, चक्की के पाट-सी सीढ़ियों पर यत्रतत्र घास के गुच्छे उग आए थे—जामुन, कटहल, आम, शिरीष, कदम्ब के वृक्षों के झुरमुट के बीच, नीलाभ जल से छलकता पोखर, दिन-भर हम अक्लांत मछलियों-सी तैरती रही थीं, फिर भी मन नहीं भरा। बरसाती

में खड़ी जराजीर्ण ब्यूक गाड़ी, छत से झूल रहे मकड़ियों के जाले, धूल-गर्द के अम्बार से ढके झाड़फानूस, धूसरवर्णी रेशमी पर्दे, जिनकी तुरपन खुलकर तोरण-सी लटक आई थी, सबमें पीढ़ियों के आभिजात्य की छाप थी, किन्तु विवश दारिद्र्य यत्न से छिपाए जाने पर भी पल-पल स्वयं उघड़ा जा रहा था। तिला ने अपने पिता से हमारा परिचय कराया। सद्यः इस्त्री करी ट्राउजर, रेशमी शर्ट, चौड़ी नेकटाई, जेब से झाँकता दामी रूमाल, मुँह में चुरुट, पैरों में चमचमाते आक्सफर्ड शू, हमारी ही दावत के लिए वे बाजार कर लौटे थे। पीछे था पगड़ीधारी बिहारी दरबान, सिर पर धरी टोकरी में इलिश माछ (हिलसा मछली) दर्जनों अण्डे, बकरे की रान, दार्जिलिंग के पुष्ट सन्तरे, नवीन मयरा के स्वादिष्ट शंखाकार सन्देश जिन्हें खाना और बनाना दोनों ही शायद आज बंगाल भूल गया है।

तिला की माँ पुत्री से भी अधिक सुन्दरी थी। वैसा ही रंग, चौड़े ललाट के दोनों ओर यत्न से काटी गई पत्तियाँ, जो शायद वर्षों की अभ्यस्त परिपाटी में सधी, स्वयं गोलाकार बनती कर्ण शिखरों पर चिपककर रह गई थीं—लम्बी अँगुलियों में चमकती माणिक और पन्ना की अँगूठियाँ, कानों में रुपये के आकार के सुवर्ण कर्णपाशा, कण्ठ में फूलहार, पान दोख्ते से टुकटुक करते रसीले अधरपुट। कौन कह सकता था, वह एक किशोरी पुत्री की जननी है। माँ-बेटी में कौन अधिक सुन्दरी है, यह कह पाना हमें कठिन लग रहा था। बड़ी देर तक हम अपनी उस नवीना सखी के साथ मौजमस्ती मनाकर लौटने लगे तो उसकी माँ ने कहा—तोरा आबार आशिश-बैशाखे जे खुकूर बिये (तुम लोग फिर आना, वैशाख में इसका विवाह है।)

कहती क्या है, इस बच्ची का विवाह, अभी तो हाईस्कूल की परीक्षा दी है—हम लौटे तो छन्दा ने बताया—"वह परीक्षा देने हमारे यहाँ ही रुकी थी, उसके भावी ससुर माधव बाबू मेरे पिता के बहुत पुराने मित्र हैं। उन्होंने वहीं तिला को देखकर पसन्द कर लिया—कहने लगे—हम तुम्हारी भानजी से ही अपने प्रतुल का विवाह करेंगे—जो उसके कान में तुम लोगों ने माणिक के झुमके और गले की चेन देखी थी, उसे ही पहनाकर तो आशीर्वाद कर गए। बोले—हमें दान-दहेज कुछ नहीं चाहिए बस यह सुन्दरी कन्या चाहिए—रंगपुर के बहुत बड़े जमींदार हैं—अच्छा ही हुआ, बुआ की तो पुश्तैनी हवेली भी गिरवी पड़ी है—पन्द्रह की भी पूरी नहीं हुई थी कि तिला का विवाह हो गया,

वह कहाँ है, कैसी है, उसका पति कैसा है—फिर हमें कुछ पता नहीं लगा।"

सहसा वह दूसरी बार मुझे जहाँ मिली वहाँ उसे देख मैं अवाक् रह गई—यह इस बदनाम मनहूस मकान में रहने कैसे आ गई—बदरंग खिड़की पर बैठी वह अपने गीले बालों को, तौलिये से झटक-झटककर सुलझा रही थी कि सहसा हम दोनों की दृष्टि एकसाथ उठी—'ओ माँ तुई?' (अरे तू)—कह वह पलभर में, टेढ़ी-मेढ़ी सीढ़ियाँ फाँदती आकर मुझसे लिपट गई—विवाह ने उसे और भी सुन्दर बना दिया था—कटि से भी नीचे झूलते उसके घने बालों से टपकती पानी की बूँदें मुझे भी भिगो गईं—हाथों में मोटे सुवर्ण वलय, माँग में सिन्दूर की प्रगाढ़ रेखा धुलकर भी धुँधली नहीं हुई थी।

"मेरे पति बीमार हैं, उन्हीं को लेकर यहाँ आए हैं, चल ना ऊपर—"

मैं झिझकी, तब हम नित्य प्रातःभ्रमण को जाते थे, साथ में रहते कठोर प्रहरी बने लोहनीजी। एक तो हमारा रानीधारा आना वर्जित था और वहीं घूमना हमें पसन्द था—"रानीधारा की ओर मत जाना," हमें माँ की हिदायत मिलती, "अभागे टी.बी. रोगियों ने पूरा सैनेटोरियम ही बना दिया है वहाँ।"

उस पर कुख्यात कल्याण हाउस। जिन्होंने सन् चालीस का अल्मोड़ा देखा है—उन्होंने रानीधारा के सीमान्त पर स्थित वह विचित्र भुतहा बंगला अवश्य देखा होगा। उस सुरम्य वनस्थली में जहाँ स्कंधस्पर्शी देवदारी हवा, मनप्राण में नई पुलक भर देती थी, वहीं वह पीसा की मीनार-सा बंकिम मुद्रा में खड़ा बदरंग बंगला देखते ही मेरुदंड झनझना उठता—जब भी हम वहाँ से गुजरते, लोहनीजी कहते—"नाक ढक लो रूमाल से—" क्षयरोग तब कुष्ठरोग-सा ही महारोग माना जाता था और कल्याण हाउस की खिड़की पर हमें एक न एक खाँसता-खँखारता नया क्षयरोगी अवश्य दिख जाता। वह बंगला कभी खाली नहीं रहता। नित्य नवीन क्षयरोगियों को, जैसे स्वयं मृत्यु खींच लाती थी। सुना यही था कि जो भी वहाँ आया, फिर चार कन्धों पर ही गया। फिर भी उसकी माँग निरन्तर बनी रहती, शायद इसलिए भी कि चारों ओर थे घने देवदारद्रुम, सामने प्राणदायिनी त्रिशूल, नन्दादेवी की हिमाच्छादित धवल पर्वत श्रेणियाँ एक ओर सीधे पहाड़ से निकली, नल में कौशल से बाँधी गई रानीधारा की मृत्युंजयी जलधारा, उस पर किराया भी बहुत कम। हमें उस ओर जाने के लिए एक और आकर्षण भी खींचता था। हम उस मोड़ पर देर तक खड़े होकर ढलान पर उतरते राहगीरों को देखते, न जाने कैसी बनावट थी उस मोड़ की कि, उस पर मुड़ते ही फिर राहगीरों की छाया भी नहीं दिखती,

लगता गहन वन अरण्य ने उन्हें लील लिया है! आज उसी कल्याण हाउस में ले चलने को तिला मेरा हाथ खींच रही थी–

"नहीं-नहीं, आज नहीं"–लोहनीजी ने मुझे हाथ पकड़कर खींच लिया।

"बड़ी देर हो गई है, फिर कभी आएगी–" बड़ी अनिच्छा से ही उसने मेरा हाथ तत्काल छोड़ दिया, शायद वह समझ गई थी।

"तू फिर आएगी ना?"

उसने ऐसे विवश स्वर में पूछा जैसे वह जान गई थी कि उस छुतहे रोग के रोगी को देखने, मैं कभी नहीं आ पाऊँगी।

हुआ भी यही, दूसरे ही दिन हमें बंगलोर जाना था–प्राणों से प्रिय जन्मभूमि एक बार फिर मुट्ठी से खिसक गई। कभी-कभी जी में अदम्य कौतूहल होता, वह वहाँ कैसे आ गई? क्या उस भुतहे कल्याण हाउस में यम को अन्त तक पराजित कर अपने सत्यवान को लौटा पाई? पर किसे पूछती–कल्याण हाउस के पते पर एक पत्र भी लिखा पर कोई उत्तर नहीं आया।

और इतने वर्षों पश्चात् जब हम दोनों कल्याण हाउस की-सी ही रहस्यमयी ढलान में उतर, पारलौकिक वन अरण्य में विलीन होने को तत्पर हैं, तब ही वह अचानक उस लम्बी उड़ान में सहयात्रिणी बन, एक बार फिर मुझसे टकरा गई। पहले हम दोनों ने ही एक-दूसरे को नहीं पहचाना। उसका व्यक्तित्व अभी उतना ही ठसकेदार था, यद्यपि सौन्दर्य को पीछे ढकेल, शालीनता ही अब प्रखर हो उठी थी–गाढ़े नीले रंग की नारायणपेटी साड़ी में उसका रंग और भी उज्ज्वल लग रहा था, जिस एड़ीचुम्बी पृथुल वेणी को देख कभी उसकी जलनखोर ममेरी बहन छन्दा ने कहा था–"मेरी माँ कहती है–इन बालों में ही तिला का दुर्भाग्य छिपा बैठा है, देख लेना कभी यही नागिन-सी चोटी भुँईलोट इसे डस लेगी–लम्बे बालवाली लड़की कभी सुखी नहीं होती–आज वही सघन केशराशि न जाने कहाँ विलीन हो गई थी–किन्तु बढ़ती वयस भी उसकी तन्वी देह को मेदबहुल बनाने में सहम गई थी शायद! पीछे से देखने पर वह युवती ही लग रही थी, किन्तु चेहरा देखने पर लगता था, क्रूरकाल ने उस पर जमकर हस्ताक्षर किये हैं, ललाट से लेकर चिबुक तक। कनपटी के बाल सफेद हो चले थे, जिन अधमुंदी आँखों को देख कमला तर्वे ने उसके कृपण होने का स्पष्ट संकेत दिया था, वे सुनहली कमानी के चश्मे के मोटे लैंस से ढकी, और भी मुँदी लग रही थीं, जैसे सो रही हों किन्तु

बैठने की अडिग भव्य मुद्रा अब भी उतनी ही अहंकार दीप्त थी। सच पूछिए तो चेहरे से नहीं, उसके बैठने की मुद्रा से ही मैंने उसे पहचान लिया था। बेल्ट बाँधती वह फिर सीधे नासिकाग्र पर अविचलित दृष्टि साधे, मूर्तिवत् बैठी और मैंने पहचान लिया फिर बायें कपोल पर उसके चुगलखोर तिल ने मेरे अनुमान की पुष्टि की।

कुछ डरते-डरते ही मैंने कहा–'तिला, तुम तिलोत्तमा ठाकुर हो ना?'

वह चौंकी, मुड़कर उसने मुझे अविश्वास से देखा, फिर लिपट गई। जब वर्षों बाद दो बाल्य-सखियाँ मिलती हैं तो वर्तमान उन्हें नहीं खींचता, खींचता है अतीत जहाँ बढ़ती वयस, बीते वर्ष सब एकसाथ मिटकर बह जाते हैं। उसी अतीत के पृष्ठ, उसने मेरे सामने खोलकर रख दिए, उन्हें आज सँजोकर लिखने बैठी हूँ तो कविगुरु की वही पंक्ति मेरी लेखनी पकड़ साथ-साथ चल रही है–

सेई सत्य जा रचिबे तुमि
रामेर जन्मस्थाने अयोध्यार चेये सत्य जेनो

कानों की रुई निकाल मैं स्तब्ध-अवाक् चित्रांकित बनी सुन रही थी–"तू जिस दिन मुझसे मिली, उसी के एक महीने बाद, मेरे पति का देहान्त हो गया–यह नहीं सोचा था कि इतनी जल्दी सबकुछ घट जाएगा–डॉक्टरों ने मुझे भी सावधान कर दिया था, फिर भी एक आशा रह गई थी, शायद पहाड़ की हवाबदली रोग को दबा दे–बुरी तरह ठगे गए थे, सगे मामा ने ही मेरा सर्वनाश किया, उन्हें सबकुछ पता था। मेरे ससुर की कुख्याति, मेरे पति का असाध्य रोग, सास का राँची के पागलखाने का प्रवास सबकुछ हमसे छिपा गए। डॉक्टरों ने मेरे ससुर से बार-बार कहा था–उनके पुत्र के दोनों फेफड़े छलनी हो गए और फिर तब क्षयरोग क्या आज के कैंसर से कुछ कम घातक था! किन्तु प्रतुल मेरे ससुर का इकलौता पुत्र था, उन्हें धुन थी, वंशधर चाहिए–उत्तराधिकारी नहीं हुआ तो कौन भोगेगा उनकी अटूट सम्पत्ति!

" पुत्र के जीवन की बलि ही क्यों न देनी पड़े–उत्तराधिकारी चाहिए अवश्य–जिस दिन मैंने ससुराल की देहरी पर पहला कदम रखा तो देखा, दो नौकर मेरे पति को पकड़कर अन्दर ले जा रहे हैं। ससुर की विशाल अट्टालिका, आत्मीय स्वजनों से भरी थी। स्त्रियाँ मेरा घूँघट उठा-उठाकर मुँह देखतीं और आपस में फुसफुसाने लगतीं–रत्नाभूषणों से लदी मैं, भारी लाल

बनारसी साड़ी में, थरथर काँप रही थी—क्यों मुझे देखकर ऐसे फुसफुसा रही हैं? क्या उनकी दृष्टि में, मैं सुन्दर नहीं हूँ या दान-दहेज नहीं लाई हूँ, इसलिए? मेरे ससुर ने ही तो कहा था, उन्हें केवल कन्या चाहिए, दहेज नहीं—इतने ही में सबकुछ स्वयं स्पष्ट हो गया—काली भुजंगिनी-सी बड़े-बड़े दाँतोंवाली महिला, एकान्त पाकर मेरा हाथ पकड़ विषाक्त हँसी हँसकर कहने लगी—'की रे अप्सरा, तोर बाप आर—वर खुंजे पेलो ना?' (क्यों री अप्सरा, तेरे बाप को और कोई वर नहीं जुटा?)

"इससे तो तेरे गले में पत्थर बाँध किसी ताल-पोखर में डुबो दिया होता—सास पन्द्रह वर्षों से राँची के पागलखाने में पड़ी है, लड़के को भयंकर क्षयरोग है और बापेर जा कीर्ति (बाप की जो कीर्ति है) अब खुद ही देख लोगी।"

ठीक ही कहा था उसने, मुझे सबकुछ देखने-समझने में फिर समय नहीं लगा था। गृह की एकछत्र स्वामिनी थीं मेरे पति की विधवा मौसी सोना मासी। मेरी सास के पागलखाने जाने के बाद, उन्हीं ने प्रतुल की देखभाल की, मेरे ससुर को देखा और गृह प्रबन्ध भी अपने हाथों में ले लिया। मेरे ससुराल का वैभव था अनन्त, अनाचार और उससे भी दुगुना भण्डार में, बड़े-बड़े भाँडों में मिष्ठान्नों के असीम उदधि से जिसका जी चाहे, वही निकाल-निकालकर खाता रहता, न खाने का कोई समय था, न सोने का—गृह में मुझे मिलाकर कुल चार प्राणी थे, दास-दासियों की संख्या थी बीस। एक से एक अभानुषी भयावह चेहरेवाले, खनीस से भृत्य, कोई अस्तबल देख रहा है, कोई गोशाला, कोई चंडीमंडप और कोई नाट्यशाला। और दासियाँ, जहाँ अधेड़ हुईं निकाल दी जातीं—सब पूर्णयौवना-छैल-छबीली, अकारण ही हँसती-खिलखिलाती एक-दूसरी पर गिरी पड़ती थीं। धूप निकलते ही संगमरमरी प्रांगण में बड़ी-सी चौकी डाल दी जाती और मेरे ससुर के विराट् वपु पर, नवोदित सूर्य की अरुण रश्मियों को सरसों के तेल में मिला, उनकी दो मुँहलगी दासियाँ—मालिश कर रगड़-रगड़ चमकातीं, साथ-साथ अश्लील हँसी-टट्ठा, कभी इधर-उधर देख, मेरे ससुर, कटोरी से तेल उठा दोनों के कपोलों पर अबीर-गुलाल-सी मल देते—और वे नाज-नखरों में दुहरी होकर कहतीं—'आहा, की जे करेन कर्ता!' (आहा क्या करते हैं मालिक!)

मेरे लिए यह सबकुछ अनजाना था, अपने घर की नौकरानी को, बाबा

की उपस्थिति में, मैंने कभी घूँघट उठाकर बात करते भी नहीं देखा था। फिर एक दिन मैंने अपने ससुर का जो बीभत्स रूप देखा, जी में आया, खिड़की से कूदकर, उसी क्षण माँ के पास भाग जाऊँ। मेरे पति प्रतुल को विवाह के दिन से तेज बुखार चढ़ा था। मैं सोना मासी के कमरे में उन्हीं की पलँग पर सोती थी। तब तक मैंने प्रतुल का चेहरा भी नहीं देखा था। शुभ दृष्टि के समय, मैंने जोर से आँखें बन्द कर ली थीं और वह भी शायद ज्वर-तप्त आँखें खोल मुझे नहीं देख पाया होगा। मैं दिनभर सजी-धजी, सोना मासी के कमरे में बैठी रहती, दिनभर मुझे देखने आई आँखों की भीड़ मुझे घेरे रहती, नौ ग्रामों की जमींदारी थी हमारी, रात को मेरे कमरे में ही खाना पहुँचाकर सोना मासी कहतीं—"ले खा लेना और कपड़े बदलकर चुपचाप सो जाना, मुझे काम निबटाकर आने में देर लगेगी।"

वह नित्य कौन-सा काम निबटाने जाती हैं, यह एक दिन स्वचक्षुओं से देख लिया। उस दिन भी मैं कपड़े बदलकर उस जहाज-से छपरखट में लेट गई। इससे पहले माँ को छोड़ और किसी के साथ नहीं सोई थी, माँ की देहपरिमल, नित्य विदेशी सेंट-सी ही मेरी आँखें मुँदा देती और सोना मासी, लगता था सौ गँधाती मछलियाँ ही पोखर से निकल, मेरे बगल में पसर गई हैं, कैसी दुर्गंध थी उनके पसीने में। और फिर लेटते ही खर्राटे लेने लगती, खर्राटे भी ऐसे कि कान के पर्दे फट जाते थे, मैं रात भर नहीं सो पाती। उस दिन, उनकी विलम्बित आगमनी से पहले ही मेरी आँखें लग गईं, सहसा सड़क के कुत्ते एकसाथ भौंकने लगे—मेरी नींद टूट गई, प्यास से गला सूख रहा था। हरिबाला नित्य, चाँदी की सुराही में पानी भर, मेरे सिरहाने रख जाती थी, उस दिन शायद भूल गई थी या नियति ने ही उसे भुला दिया था, जिससे मेरी अनजान आँखें समय पर ही मेरे ससुराल के परिवेश की चिलमन उठाकर झाँक लें। मैं पानी लेने उठी, मेरे कमरे के सामने ही मेरे ससुर का शयनकक्ष था, उसी से लगा प्रतुल का कमरा था, जिसके कपाट दिन-रात बन्द रहते थे, उसके साथ सोते थे मैनेजर राखाल बाबू, उसी से संलग्न था रसोई का कमरा। सोचा था दबे पैर जाकर प्यास बुझा आऊँगी—जब तक रंगपुर में बिजली नहीं आई थी, किन्तु चतुर्दशी की धवल चंद्रिका; पूरी गैलरी में ऐसे पसर गई थी, जैसे बीसियों पेट्रोमैक्स जले हों। मेरे ससुर के कमरे के मखमली पर्दे, शायद बेहद उसम के कारण कुछ खिसका दिए गए थे—उसी दरार के औदार्य से जो दृश्य मैंने देखा, उसने मेरा सर्वांग घृणा से कंटकित

कर दिया। दीन-दुनिया से बेखबर, पुत्र की आसन्न मृत्यु से निर्लिप्त, मेरे साठ वर्ष के ससुर सोना मासी को बाँहों में भरे, गहरी नींद में डूबे थे। मैं उल्टे पाँव प्यासी ही लौट आई और उस अभिशप्त छपरखट पर औंधी पड़ी सिसकने लगी—बाबा-बाबा, कहाँ डुबो दिया तुमने मुझे?

न जाने कब आकर, सोना मासी मेरे सिरहाने खड़ी हो गई थीं।

''ओरे बाबा, की कन्ना रे, जतो सब नैकामी, कचि खुकि जेन। बापेर नाम करे कांदछेन, ऐमन बापेर मुखे झाँटा—'' (अरे बाप रे, क्या नखरे हैं, बाप का नाम लेकर रो रही हैं, दूध-पीती बच्ची हो जैसे! ऐसे बाप के मुँह में झाड़ू।)

फिर वे देर तक बड़बड़ाती रहीं—'एक बार भी पूछताछ नहीं की, खुद आकर क्यों नहीं देख गए दामाद को, हमने क्या ताले में बन्द कर रखा था उसे?' आठवें दिन सुना, प्रतुल का ज्वर उतर गया है, उसे पथ्य भी दे दिया गया है, अब कलकत्ते के बड़े डॉक्टर उसे देखने आ रहे हैं। डॉक्टर आए और उन्होंने घण्टों आला लगाकर प्रतुल की जाँच की, फिर मेरी पुकार हुई।

''मुझे क्यों बुला रहे हैं, मैं क्या बीमार हूँ?'' मैंने कुछ अशिष्ट स्वर में ही मासी से पूछा।

''अरी दुरन्त लड़की, तू तो बीमार नहीं है—पर खोका को तो बीमार कर सकती है—अब अपने मुँह से तो हम तुझसे कुछ नहीं कह सकते, इसी से डॉक्टर बाबू से कहा—वे ही समझा दें—'' मैं सिर झुकाए दीवानखाने में खड़ी हो गई। कमरे में कोई नहीं था, केवल दीवाल पर लगी विदेशी घड़ी से सिर निकाल एक नन्ही-सी चिरैया कोयल-सी टहुक उठी—कुहु-कुहु—घण्टे बजाने वाली ऐसी विचित्र घड़ी मैंने जीवन में पहली बार देखी थी, और मैं जोर से हँस पड़ी।

मैं हँस ही रही थी कि डॉक्टर बाबू को लेकर, मेरे ससुर आ गए—''बोकार मतो हासछों केनो?'' (मूर्ख की तरह हँस क्यों रही हो—) मेरे ससुर का कठोर स्वर मुझे कँपा गया।

''बैठो बेटी'' जितना ही कठोर स्वर मुझे पल-भर पूर्व कँपा गया था उतना की मधुर आदेश का दूसरा स्वर सुन, मैंने आँखें उठाईं—मेरे सामने विदेशी वेशभूषा में वह शांत, सौम्य वृद्ध डॉक्टर खड़े थे—''तुम इसे समझा देना निखिल, अभी यह कुछ भी नहीं समझती, जरा जिद्दी भी है—'' मेरे ससुर हम दोनों को अकेला छोड़ चले गए।

मेरी कुछ भी समझ में नहीं आ रहा था, क्या समझाएँगे मुझे? क्या मैंने कोई भूल कर दी थी, पर मैंने तो प्रतुल को देखा भी नहीं था–"तुम तो एकदम बच्ची हो, कितने साल की हो माँ?"

यह सम्बोधन सुनते ही मेरे कण्ठ में गह्वर अटक गया, इसी सम्बोधन से तो मुझे बाबा बुलाते थे, यहाँ तो सोना मासी मुझे 'छूँड़ी' (छोकरी) कहकर ही पुकारती थीं–वह भी ऐसे जैसे थप्पड़ मार रही हों।

"सोलह," मैंने कहा।

एक दीर्घश्वास लेकर वे बोले–"यह तो बड़ा अन्याय किया है माधव ने–जान-बूझकर तुम्हारे साथ यह अन्याय कैसे कर गया–क्या तुम्हारे पिता को कुछ भी नहीं बताया उन्होंने–" मैंने चकित दृष्टि उठाई और उस सौम्याकृति वृद्ध की आँखों में मेरे प्रति करुणा की स्नेह-सिक्त तरल तरंगें देख मैं त्रस्त हो गई।

"क्या नहीं बताया मेरे पिता को?"

"आश्चर्य, सचमुच आश्चर्य हो रहा है मुझे–माधव मेरा पुराना मित्र है–उसे तो मैं सबकुछ बता चुका था–देखो बेटी, तुम्हारे पति के दोनों फेफड़े नष्ट हो चुके हैं, यह विवाह किसी तरह भी नहीं होना चाहिए था। प्रतुल है ही कितना बड़ा, अभी तो बी.ए. किया है, उम्र होगी यही कोई बीस साल–पर अब जो होना था सो हो गया, सोचा तुम्हें सावधान कर दूँ–" तब ही मैं भयभीत होकर रोने लगी थी।

"नहीं माँ, ऐसे मन छोटा नहीं करते–तुम्हें साहस और धैर्य से काम लेना होगा–" वे मेरे पास आकर मेरे झुके सिर पर स्नेह से हाथ फेरकर बोले, "यह रोग छुतहा रोग है, मैं यह नहीं कहता कि तुम प्रतुल को छोड़कर मायके चली जाओ–किन्तु, तुम्हें परहेज बरतना होगा–" फिर वे अपदस्थ होकर स्वगत बड़बड़ाने लगे–'यह तो बड़ी ज्यादती है माधव की, यह समझाना क्या किसी पुरुष को शोभा देता है, अंतर्महल की ही कोई बुजुर्ग स्त्री को समझाना चाहिए था–' फिर जैसे उन्होंने स्वयं ही उस कठिन कर्त्तव्य को सहज बना लिया, "समझ लो माँ, मैं तुम्हारा पिता हूँ–"

पिता के नाम से ही मेरी सिसकियाँ और तीव्र हो गईं।

उन्होंने बड़े दुलार-भरे स्वर में कहा, "इस रोग में, संयमी मनुष्य भी विवेक खो बैठता है, फिर तुम दोनों की तो अभी कच्ची वयस है। नारी से शारीरिक संपर्क, इस रोग के लिए घातक है। तुम्हें स्वयं भी बचना होगा और

उसे भी बचाना होगा क्योंकि ऐसा सम्पर्क, तुम्हें भी इस रोग की छूत अनायास ही दे सकता है और उसके लिए तो यह भूल, निर्घात मृत्यु ही सिद्ध होगी–"

उसी दिन मेरी पलँग प्रतुल के कमरे में फिर क्यों लगा दी गई, यह बहुत बाद में समझ में आया। शायद मृत्युपथ के पथिक से भी, मेरे कसाई ससुर वंशधर की आशा लगाए बैठे थे।

पहली बार मैंने अपने पति को देखा तो उनकी कन्दर्प कांति देखती ही रह गई थी। छाती पर दोनों हाथ धरे, वह गहरी नींद में सो रहा था, नवदूर्वादलतुल्य देहकान्ति, बचकाने चेहरे पर मूँछों की क्षीण रेखा, लड़कियों की-सी रेशमी लम्बी पलकें और रोगजीर्ण निमग्न कपोलों पर, उस राजरोग की रक्तिम आभा की मरीचिका, वह तो बहुत बाद में कहीं पढ़ा था कि इसे ही ट्यूबरक्युलर फ्लैश कहते हैं। मैं बड़ी देर तक खड़ी रही–वह तो सो रहा था, मुझे बैठने को कहता ही कौन। मुझे कमरे तक मासी ही पहुँचा गई थीं–'दैख छूँड़ी, खोका घुमाच्छे, ओके विरक्त करीशना।" (देख छोकरी, खोका सो रहा है, उसे परेशान मत करना)

यही हृदयहीन सीख मुझे मेरी विलंबित फूल-शय्या के दिन मिली थी।

सहसा वह स्वयं ही जग गया और हड़बड़ाकर बैठ गया, फिर मधुर स्वप्नाविष्ट अलस हँसी के साथ उसने मेरा हाथ पकड़कर, अपने पास बिठा लिया। कितने दुबले हाथ थे उसके और कैसा क्लांत-श्रांत चेहरा। विदेश से, नित्य ही तो औषधियों के पार्सल मँगवाए जा रहे थे, कैसी-कैसी सूइयाँ किन्तु, दोनों फेफड़ों का एकछत्र सम्राट बना क्षयरोग, ठेल-ठेलकर औषधियों को निरन्तर पराजित कर रहा था।

"कितनी सुन्दर हो तुम तिला, जानती हो न, मैंने शुभदृष्टि में भी नहीं देखा। आँखें बन्द कर ली थीं।"

"मैंने भी तो नहीं देखा, मैंने भी आँखें बन्द कर ली थीं।"

और हम दोनों एकसाथ किसी शैतानी में पकड़े गए निर्दोष बालकों-से ही ठठाकर हँस पड़े थे।

फिर रात-भर कितने अन्तहीन प्रश्न पूछे गए, कितने सरस उत्तर। लग रहा था जन्म-जन्मांतर से अटूट मैत्री में बँधी, वर्षों से बिछुड़ी दो अतृप्त आत्माएँ, सहसा फिर युग्म हो गई हैं। दूसरे दिन उठकर जाने लगी तो प्रतुल ने हाथ पकड़कर खींच लिया–"नहीं, तुम कहीं नहीं जाओगी, यहीं रहोगी दिन-रात मेरे पास–"

'छिः, क्या कर रहे हो, सोना मासी क्या कहेंगी?"

"कहने दो उन्हें, पहले वे अपना चेहरा तो दर्पण में देख लें।"

मेरा कलेजा धक रह गया—तब क्या वह भी वही दृश्य देख चुका था, जो मैंने देखा था! फिर वह बच्चे-सा मचल उठा—

"अच्छा एक शर्त पर जाने दूँगा—पहले अपना जूड़ा खोलकर दिखाओ, हरिबाला कह रही थी तुम्हारे बाल अजगर से भी लम्बे हैं।"

स्वयं ही फिर उसने मुझे पास खींच, अनाड़ी हाथों से मेरा जूड़ा खोल दिया। छहराई घनघटा-से मेरे जूड़े से उन्मुक्त बाल, उसकी गोद में बिखर, पलँग से नीचे झूल गए।

उसकी आँखें फटी की फटी ही रह गईं।

"अरे बाप रे, बाल हैं या नाएग्रा फॉल्स? ऐसे ही बैठी रहना तिला, मैं अपना कैमरा निकाल लाऊँ?"

फिर वह अपने सूटकेस को उथल-पुथल कर अपना कैमरा निकाल लाया, महाउत्साह से उसने मेरी एकसाथ कितनी ही तस्वीरें खींच डालीं, कौन कहेगा वह बीमार था। उसके बाद उसके स्वास्थ्य में आश्चर्यजनक परिवर्तन स्पष्ट हो उठा। पिचके गाल भरने लगे, आँखों में अनोखी चमक आ गई और जो अनिच्छा से थाली दूर खिसका देता था, वही अब नित्य नवीन खाने की फरमाइशें करने लगा। कभी कहता, नीम-बेगुन घटवाले बाटा बनाओ, कभी लाऊर डांठा दिए मटोर डाल (लौकी के डंठल पड़ी मटर की दाल), कभी घर के घी सने भात पर ढेर सारा मौरला माछ का झोल, कभी नतुन गुड़ की पायस और कभी मुगलई पराँठा। लोग कहने लगे—"बहू का पैर बड़ा शुभ पड़ा है माधव बाबू, अब झटपट एक खासी दावत दे डालिए—"

"अरे रुको भाई, एकसाथ ही दावत दूँगा वह भी ऐसी कि जिन्दगी-भर याद करोगे—वंशधर को तो आने दो पहले—"

पर वंशधर आएगा नहीं, वंशधर जाएगा—यह कटु सत्य अन्त तक वे ग्राह्य नहीं कर पाए—मुझे द्विरागमन के लिए लेने ममेरा भाई आया तो उसे यह कहकर लौटा दिया गया कि हम सब पहाड़ जा रहे हैं, बहू अभी नहीं जा सकती। प्रतुल क्या मुझे एक पल भी छोड़ सकता था? अब तो वह मेरा खाना भी अपने ही कमरे में मँगवा लेता और फिर दिनभर हम द्वार बन्द कर, कभी ताश खेलते, कभी वह मुझे बाँहों में भर, एक के बाद एक कितने

ही गाने सुनाता चला जाता। अत्यन्त मधुर कण्ठ था उसका, एके बारे मेयेला गला (एकदम लड़कियों का-सा कण्ठ स्वर) एक गाना मैं उससे बार-बार सुनती–

तोर मनेर मानुष ऐलो द्वारे
मन जखन जागली नारे

(तेरे मन का मानुष तेरे द्वार पर आया था, पर अरे मन, तो जागा ही नहीं–)

बीच-बीच में सोना मासी, अधैर्य से द्वार भड़भड़ा जातीं–"लज्जा नेई छूँड़ीर? शेषे गिले फेलवी खोकाके? दिन दुपूरे जत सब नाटक छिछि! शेषे गिले फेलवी खोकाके? दिन न दुपूरे जत सब नाटक छिछि!" (लज्जा नहीं है छोकरी? अन्त तक खोका को निगल ही जाएगी क्या? भरी दुपहरी में यह सब नाटक, छिछि) और मासी को चिढ़ाने, बन्द द्वार से ही प्रतुल बेहयायी से हाँक लगाता–"अरी ओ मासी, एक-दूसरों को निगल ही तो रहे हैं हम, तुम्हें कोई आपत्ति है क्या?" और गुस्से में पैर पटकती, धम-धम कर मासी अपने कमरे में चली जातीं।

पूरा महीना ही आनन्द-उल्लास में न जाने कब बीत गया, इस बीच प्रतुल को एक दिन भी बुखार नहीं आया। उसकी बीमारी, हमारे लिए एक विस्मृत दुस्वप्न बन गई थी। ठीक जैसे फाँसी से पूर्व कैदी की एक-एक इच्छा पूरी कर दी जाती है वैसे ही शायद नियति हमारी एक-एक फरमाइश पूरी कर रही थी। तब ही विधाता ने पहला थप्पड़ मारा। प्रतुल को एक रात, अचानक खाँसी का विकट दौरा पड़ा, साथ ही रक्त का एक थक्का तकिया पर गिरा–उसने निढाल होकर आँखें मूँद लीं, तत्काल डॉक्टर बुलाए गए। सूई लगी, दवा दी गई, उसने उठकर एक प्याला चाय भी पी किन्तु बुखार नहीं उतरा।

"जितनी जल्दी हो सके, पहाड़ ले जाइए," डॉक्टरों ने राय दी।

तब भुवाली सैनेटोरियम ही ऐसे रोगियों की मक्का-मदीना थी–किन्तु प्रतुल ने साफ मना कर दिया–वह अन्य रोगियों के साथ नहीं रहेगा–हारकर राखाल बाबू अल्मोड़ा के उस बंगले को बुक कर आए। रातोंरात फर्स्टक्लास के चार टिकट खरीद लिए गए–मैं, प्रतुल, सोना मासी और मेरे ससुर। साथ में थे दो नौकर-नौकरानियाँ, गर्म कपड़ों से भरे सूटकेस, दर्जन-भर थर्मस, दवाओं से भरी टोकरियाँ और लिहाफ कम्बल।

प्रतुल को एक ही रक्तवमन निस्तेज कर गया था। एक दिन उसने मेरा हाथ पकड़कर छाती पर धर लिया, फिर दीवार की ओर मुँह फेर, एक दीर्घश्वास लेकर कहने लगा—"तिला, आज से तुम सोना मासी के कमरे में सोना—" उसका क्षीण स्वर अश्रुसिक्त है, यह मैं समझ गई, पागल की तरह मैंने दोनों हाथों से उसका चेहरा अपनी ओर किया और उसकी छाती पर सिर रखकर जोर से रो पड़ी—"क्यों कहा तुमने ऐसा, क्यों? क्या मैं तुम्हें अब अच्छी नहीं लगती?"

"पगली, तू मुझे कितनी अच्छी लगती है, यह भी क्या मुझे बताना होगा? अच्छी लगती है तिला, बहुत अच्छी तब ही तो कह रहा हूँ।"

"नहीं, मैं यहीं सोऊँगी, खबरदार जो कभी ऐसी बात जबान पर लाए"—पूरी ट्रेन यात्रा में वह मेरा हाथ थामे—चुपचाप भयत्रस्त दृष्टि से कम्पार्टमेन्ट की छत को निहारता रहा। जैसे उसे भय हो रहा था, कहीं मेरा हाथ छूटा तो, मृत्यु उसे मेरी सौत बनकर खींच ले जाएगी—'कल्याण हाउस' पहुँचे तो किसी अज्ञात अमंगल की आशंका मुझे त्रस्त कर गई—कैसा भुतहा बँगला था, हिले दरवाजों की दरार से आती साँय-साँय करती हवा, जनशून्य अरण्य और एक अजीब दमघोंटू उदासी, लगता था दीवारों में भी दवाओं की दुर्गंध ईंट-गारे-चूने के साथ रिस-बस गई है। उन दिनों वहाँ क्षयरोग विशेषज्ञ एक प्रख्यात डॉक्टर रहते थे, डॉ. खजानचन्द्र, उन्हीं का नाम सुनकर मेरे ससुर प्रतुल को उतनी दूर लाये थे, सुना था कि वे मुर्दे में भी जान डाल देते हैं। उन्होंने आते ही प्रतुल के अंजरपंजर खटकाए, ऐक्स-रे देखे, कुछ दवाएँ लिखीं और जब मेरे ससुर उन्हें पहुँचाने सीढ़ियाँ उतर रहे थे तो छिपकर मैंने भी उनकी बातें सुन लीं।

"आपने अपने बेटे का विवाह कर दिया है?"

"जी हाँ, वहीं पर तो मेरी बहू खड़ी थी।"

"कब किया विवाह?"

"दो महीने पहले।"—मेरे ससुर का अपराधी स्वर मैंने ठीक ही सुना। "यू आर ए फूल," कह डॉक्टर तेजी से सीढ़ियाँ उतर गए।

मैं समझ गई—फरमान तो यहाँ भी फाँसी का ही मिला, हाँ शायद उनकी मृत्युंजयी औषधि और पहाड़ों की हवा फाँसी की तारीख कुछ और बढ़ा सकती थी।

वही हुआ—पहली सूई लगते ही प्रतुल की आनन्दचटुलता फिर लौट आई, वह एक बार फिर कैमरा निकाल मेरी तंस्वीरें लेने लगा। कभी मासी को जलाने उन्हीं की उपस्थिति में, मुझे बाँहों में भर, अधीर प्रणयी बन, उन्मत्त हो चूमने लगता, कभी उनके ना-ना कहने पर भी दिन डूबे घुमाने खींच ले जाता। उसकी बेतुकी फरमाइशें मुझे कभी धैर्यच्युत कर देतीं।

"वह साड़ी पहनो, उसके साथ माँ का अनन्त, वह झुमके, वह हार—" कभी कहता—"नहीं, वह लाल पाड़ की गरद पहन बड़ा-सा सिन्दूर का टीका लगाकर ऐसे खड़ी रहो, नहीं-नहीं ऐसे—"

लगता था, वह मुझे बहुरूपिया बना अपने एक-एक अरमान पूरे करना चाहता था।

सच कहती हूँ, वह कल्याण हाउस जो मुझे पहली दृष्टि में बेहद मनहूस लगा था, वही सहसा मेरे लिए ताजमहल बन उठा। मैं जानती थी कि स्वर्णघट में छलकते अमृत की वह घूँट, मेरे लिए क्षणस्थायी ही रहेगी, किन्तु जब तक अमृत है, क्यों न छककर अघा लूँ। आश्चर्य होता है कि हम दोनों के निर्दोष हृदयों में शैशव की निर्दोष अकपट प्रेम की कैसी स्निग्धता थी, कभी किसी क्षण भी हमारे बालसुलभ हृदय वासनादग्ध नहीं हुए—पता नहीं विधाता ने ही हमें इस संयम का अपूर्व दान देने का आग्रह किया था या स्वयं हम दोनों का विवेक ही हमें कवच-सा सेंत रहा था। पर फिर जैसे-जैसे समय बीतता गया, प्रतुल में एक विचित्र परिवर्तन मुझे सहमाने लगा—कभी-कभी वह मुझे ऐसे देखने लगता, जैसे मुझमें कुछ नयापन देख लिया हो, बाँहों में लेता तो लगता भींचकर कीमा बना देगा—एक दिन, रात्रि के सन्नाटे में उसने सहसा मुझे अपनी पलँग पर खींच लिया—वह बुरी तरह हाँफने लगा—जैसे बड़ी दूर से दौड़कर आया हो।

"क्या हुआ प्रतुल, तबीयत तो ठीक है ना?" मैंने घबड़ाकर उसके सशक्त बाहुपाश से अपने व छुड़ाने की चेष्टा की। उस दुर्बल देह में कहाँ से आ गई थी वह शक्ति?

"आर पारछिना तिला, आर जे पारछिना।"

(अब नहीं सहा जाता तिला—नहीं सहा जाता।)

समझ गई मेरे कपोलों का दाह स्वयं मुझे ही तपा गया—पर फिर उस तृषाक्त क्लान्त पथिक के अधरों तक शीतल जल से लबलबाता जलपात्र ले जाकर भी मैंने बड़े छलबल से खींच लिया।

मैं जब दस साल की थी, मेरा ऐपेंडिक्स निकाला गया था। जब मैं पानी-पानी की रट लगा चीखने लगती तब माँ मुझे गोद में लेकर सांत्वना देती—"ना आभार सोना जल दिते नेई, डॉक्टर बारन करछेन"—(नहीं मेरी लाड़ो, पानी नहीं देना है, डॉक्टर ने मना किया है।) ठीक उसी वात्सल्य से मैंने उसे छाती से लगाकर समझाया—"नहीं प्रतुल, नहीं—" मैं नहीं चाहती थी कि हमारा यह असंयम, हमें सदा के लिए एक-दूसरे से विलग कर दे—आज्ञाकारी विनम्र बालक-सा ही वह फिर मेरी छाती में मुँह छिपाकर सो गया, यद्यपि मैं जान गई थी कि वह सो नहीं रो रहा है।

एक दिन हम सोना मासी को बिना बताए ही चुपचाप घूमने निकल गए, उनसे कहते तो या तो स्वयं हमारे साथ हो लेतीं या एक-दो लाठीधारी नौकरों को साथ भेज देतीं। कल्याण हाउस से एक सर्पिल पगडंडी, सीधी उस ऐतिहासिक वृक्ष तक जाकर विलीन हो जाती जिस पर कभी मृत्युदंड पाये कैदियों को फाँसी दी जाती थी। उसी से कुछ दूरी पर थी लौह-शृंखलाओं से घिरी, वीरगति को प्राप्त हुए, दो विदेशी सैनिक अफसरों की कब्र 'कर्क ऐंड टैप्ले'।

हमारे भाग्य से ही मेल खाता, ऐसा दुर्लभ एकांत हमें और कहाँ जुटता? देवदार के सघन झुरमुट में वर्षों से चिरनिद्रा में सुप्त अपने स्वदेश से बहुत दूर वे दो विदेशी और असंख्य फाँसियों का मूक साक्षी वह अपराधी वृक्ष। हम थककर बड़ी देर तक वहीं बैठे रहे, प्रतुल मेरी गोद में सिर धरकर लेट गया था—"आहा, कैसी शान्ति है यहाँ, कैसा सुख! बेटा यम भी मुझे अब यहाँ नहीं ढूँढ़ पायेगा।"

"चुप, जब देखो तब ऐसी अशुभ बातें।"

"क्यों इसमें अशुभ कौन-सी बात कह दी मैंने? ठीक ही तो कह रहा हूँ, न सोना मासी की बड़बड़ाहट न बाबा का गर्जन, तर्जन, न सुई, न दवा न चौबीसों घण्टे मुँह में ठुँसा जा रहा थर्मामीटर—बस हम दोनों—जानती हो तिला..." वह फिर एकाएक चुप हो गया।

"चुप क्यों हो गए—कहो ना..."

"तू डाँटेगी—"

"लो और सुनो—कब डाँटा है जी मैंने—कह डालो—मैं कसम खाती हूँ कुछ नहीं कहूँगी।"

'मुझे लगता है—इन्हीं विदेशियों की तरह मुझे भी अपनी जन्मभूमि की

धरणी कभी नहीं जुटेगी—यहीं सो जाना होगा मुझे—"

मैंने उसे कसकर पकड़ लिया।

"नहीं-नहीं," मैं ऐसे तिलमिलाकर चीख उठी जैसे यम उसे सचमुच ही खींचे लिए जा रहा हो।

"ओरे बाप रे—अँधेरा हो गया, आज खैर नहीं, उड़नचंडी सोना मासी, झाड़ू लेकर बैठी होगी—चल-चल—अँधेरा हो गया है—"

हम भूल ही गए थे कि घर से निकले हमें घण्टों बीत गए हैं। उधर पूरा घर न जाने कब से लालटेन लेकर हमें कहाँ-कहाँ ढूँढ़ आया था—बरामदे में पैर रखा ही था कि सोना मासी ने लपककर मेरा जूड़ा पकड़ लिया। "राक्खूसी मेरे फैलवी खोका के," (राक्षसी मार डालेगी खोका को) और फिर, मेरे ससुर, नौकर-नौकरानियों के सामने ही उन्होंने मुझे धक्का मारकर दीवार से सटा दिया और मेरा सिर दो-तीन बार उस पथरीली दीवार पर टकराकर बोलीं—"लज्जा नेई तोर छूँड़ी?" (तुझे शर्म नहीं आती छोकरी?)

तब तक मुझे किसी ने फूल की छड़ी से भी नहीं छुआ था—जीवन में पहली बार किसी ने मुझ पर हाथ उठाया था। मैं सम्हलती इससे पहले ही उन्होंने अपनी मर्दानी मुट्ठी से मेरी पीठ पर दनादन कई धौल जमा दिए—"कहाँ ले गई थी इसे, बोल-बोल" तब ही प्रतुल ने मासी को धक्का देकर दूर ढकेल दिया और मेरे सामने ढाल बना खड़ा हो गया—"खबरदार जो इसे कुछ कहा। वह मुझे नहीं ले गई मैं ही उसे ले गया था—शर्म तो तुम्हें आनी चाहिए मासी, मेरे ही घर में मेरी पत्नी पर हाथ उठाने की हिम्मत कैसे हुई तुम्हें?"

मैं अपने शान्त-सौम्य, किसी से कभी कुछ न कहनेवाले पति का यह रौद्र रूप पहली बार देख रही थी।

मेरे ससुर चुपचाप बैठे थे, जैसे साँप सूँघ गया हो, नौकरों की भीड़ सहमकर स्वयं छँट गई—सोना मासी पहले तो कुछ क्षण हतप्रभ-सी खड़ी रहीं फिर आँचल में आँखें ढाँप जोर-जोर से रोने लगीं—"देख छो छेलेर कांड—नतुन बउएर जन्य की माया! ये मागी मानूष कर लो, ले जाक चुलोय—" (देख रहे हो लड़के का काण्ड? नई बहू के लिए कैसी माया और जिस हरामजादी ने पाला-पोसा, वह जाये चूल्हे में)।

उस रात फिर लाख मान-मनुहार करने पर भी प्रतुल ने खाना नहीं खाया, मैं भी भूखी ही सो गई। कुछ घण्टों पूर्व जो सहसा निरोग होकर आनन्द की

फुलझड़ियाँ बिखेर, मुझे हँसा रहा था, वह एकाएक गुमसुम होकर पड़ा था।

"क्यों परेशान हो रहे हैं प्रतुल, सोना मासी का तो स्वभाव ही ऐसा है, मुझे तो अब आदत पड़ गई है, मुझे बुरा नहीं लगता।" मैंने कहा तो वह अब तक दबाए गए क्रोध को दबा नहीं पाया—"तुम्हें बुरा नहीं लगता होगा, मुझे लगा है—तीन कौड़ी की औरत, हमारे ही टुकड़ों पर पल रही है और तुम पर हाथ उठाया उसने?" उसका उत्तेजित स्वर सहसा ऊँचा हो उठा। मैंने घबड़ाकर उसका मुँह ढाँप दिया। सोना मासी को मैं जानती थी—बन्द दरवाजों से कान सटाए, छिपकर सुनना उनकी आदत थी, कहीं सुन लिया तो आधी रात को फिर उसी भद्दे नाटक की पुनरावृत्ति होगी—"चुप करो प्रतुल, धीरे बोलो—सोना मासी सुन लेंगी तो फिर आधी रात को रोना-धोना छेड़ देंगी।"

"छेड़ने दो, मुझे किसी का डर नहीं है अब, तुमसे सबकुछ कहना चाह रहा हूँ—जानती हो माँ पागलखाने कैसे गई? इसी कुलटा के कारण—विधवा होने पर बाबा इन्हें यहाँ ले आए—हरिबाला ने मुझे सबकुछ बताया है—"

हरिबाला माँ के साथ ही उनके मायके से आई थी, गृह-भर में एक वही थी जिसे हम दोनों से सच्चा लगाव था—"चौबीस वर्ष की थी यह चुड़ैल—माँ से कुल सवा बरस छोटी—पहले भी माँ को फिट पड़ते थे—घण्टों तक बेहोश रहती थी पर वह पागल नहीं थी—इन दोनों ने ही मिलकर उसे पागल बनाया।"

"बस चुप भी करो प्रतुल, तुम्हें बहुत उत्तेजित होना मना है ना?"

"क्या-क्या मना नहीं है मुझे?"—वह हाँफता-हाँफता बैठ गया।

"घूमना मना, गाना मना, सबकुछ मना। पत्नी मेरे लिए सदा ऐसी गुड़िया रहेगी जिसे बड़े यत्न से सहेजकर रखना होगा जीवन-भर। क्यों आईं तुम मेरे जीवन में—क्यों सबकुछ जानकर भी प्राण रहते ही सती बनने का शौक चर्राया तुम्हें? क्या तुम्हारी जबान नहीं थी, मना नहीं कर सकीं तुम? बोलो, बोलो, जवाब दो।"

वह ऐसा कभी नहीं करता था, मुझे जोर-जोर से झकझोरने लगा था वह।

"क्या जवाब दूँ प्रतुल," मेरा शांत स्वर मुझे स्वयं ही अनचीन्हा लग रहा था—"हमें कुछ भी पता नहीं था, न माँ को न बाबा को न स्वयं मुझे।"

"तुम्हें पता होता तो क्या तुम मना कर देगीं?" उसका अधीर स्वर

कितना करुण था, कितना नैराश्यसिक्त, जैसे मेरे उत्तर पर ही उसके प्राण अटके हों।

"नहीं"—मेरा दृढ़ स्वर, मेरी गहनतम सच्ची भावना से पगा, स्वयं मेरे मुँह से निकल गया था।

वह मेरा चिबुक थाम, आश्चर्य से मुझे देखने लगा, जैसे मेरी आँखों की पुतलियों में मेरे उत्तर की पुष्टि चाह रहा हो—फिर बिना कुछ कहे उसने अपने तप्त अधर मेरे ललाट पर धर दिये।

दो दिन तक फिर हम दोनों कमरे से बाहर नहीं निकले—बाबा और सोना मासी शायद जान गए थे कि उन्होंने बेटे को बेहद नाराज कर दिया है।

तीसरे दिन ही मेरी कालरात्रि मेरा जीवन उलट-पुलट देगी, यह मैंने स्वप्न में भी नहीं सोचा था। दिन-भर प्रतुल ठीक रहा, बुखार भी सामान्य था, खाँसी भी नहीं, उस पर, मूड अचानक ही पूर्ववत् हो गया था—बड़ी देर तक हम दोनों ताश खेलते रहे फिर वह कहने लगा, "तिला, आज शाम फिर वहीं घूमने चलेंगे।"

"क्यों, मेरा सिर फुड़वाकर मन नहीं भरा क्या?"

उसकी आँखों में चुलबुली तरंगें मुझे सहसा भय से सहमा गईं—अब इसने अपना यही संकल्प दुहराया तो मैं क्या रोक पाऊँगी उसे? यौवन के उद्दाम वेग में तो हम दोनों ही तिनके-से बहे जा रहे थे—किन्तु, नारायण के मन तो कुछ और ही था, दिन डूबते ही उसने कहा—"तिला, गरम चादर ओढ़ा दो मुझे, ठण्ड लग रही है।"

वही ठण्ड फिर न गरम चादर से शान्त हुई, न मोटे-मोटे लिहाफ-कम्बलों से। रात हुई कि वह तेज बुखार में अंडबंड बकने लगा।

"कर्क एंड टैप्ले एंड प्रतुल भट्टाचार्य तीनों एकसाथ सोये हैं यहाँ—मेरा गर्म कोट तो निकाल दो तिला—तुम भी शॉल ओढ़ लो, टार्च ले लेना, हमें लौटने में देर होगी—

" माँ-माँ, कहाँ हो तुम? आओगी नहीं कभी?" मेले में खो गए किसी व्याकुल अबोध शिशु-सा वह करुण स्वर में अपनी विस्मृता जननी को पुकारने लगा तो मेरी आँखों से झरझर आँसू बहने लगे—

" मैं जा रहा हूँ माँ, आओगी नहीं?" उसका यही प्रलाप मुझे भय से कँपा गया, मैं अपने ससुर और सोना मासी को बुला लाई—नौकर-नौकरानियाँ सबने भीड़ लगाकर छटपटाते प्रतुल की पलँग घेर ली—सुबह होने के कुछ पहले उसे फिर उसी खाँसी का विकट दौरा पड़ा—टी.बी. रोगी की खाँसी सुनी है कभी? ठक-ठक-ठक-ठक, जैसे कोई गर्म लोहा पीट रहा हो—उसे फिर अचानक होश आ गया—यक्ष्मा रोगी को अंत तक चेतना बनी रहती है, यह कहीं सुना था—उस दिन देख भी लिया—

"तिला, तिला, कहाँ हो तुम?"

"मैं यहाँ हूँ प्रतुल"—मैंने बढ़कर उसका हाथ थाम लिया—

"नहीं, मुझे कुछ भी नहीं दिख रहा है"—मैं काँप उठी, बाबा कहते थे, जब आँखों में प्रकाश नहीं दिखता तो समझना चाहिए मृत्यु निकट है—"घोषं न शृणुयात् कर्णो, ज्योति नेत्रे न पश्यति।"

"तिला, बोलती क्यों नहीं, आती क्यों नहीं मेरे पास—आओ, एक बार तुम्हें छाती से लगा लूँ," उसने शून्य में अपनी सींक-सी दुबली बाँहें फैला दीं।

मैं बोल रही थी—"यहाँ हूँ मैं प्रतुल।" वह सुन नहीं पा रहा था, मैं हाथ थामे खड़ी थी—वह मुझे देख नहीं पा रहा था, ससुर, मासी, नौकर-नौकरानियों की उपस्थिति में कैसे उसकी बाँहों में सिमट सकती थी मैं—फिर खाँसी का वेग बढ़ा और फक्क से काले जमे रक्त का थक्का तकिया पर बिखर गया—उसी क्षण पलटी पुतलियाँ और भिंचे दाँतों को देख सोना मासी पछाड़ खाकर उसकी निष्प्राण देह पर गिर पड़ीं—"खोका, खोका रे—कोथाय गेली रे"—मेरे ससुर निश्चेष्ट-हतबुद्धि खड़े थे—पलक मारते ही उनका वंशधर उन्हें अँगूठा दिखाकर चला गया।

मासी के एक-एक विलाप में, मुझ पर अजस्र गालियाँ बरस रही थीं— "राक्षसी खा गई हमारे वंश को, इसी ने चूस लिया उसका रक्त, कलेजा निकालकर चबा गई चुड़ैल, अपया, राक्खूसी।" मैं पत्थर बन गई थी—वहाँ होकर भी मैं बहुत दूर चली गई थी, बहुत दूर—सुबह होते ही अनजान प्रतिवेशी, सगे बिरादर बने खड़े हो गए। उन्हीं ने प्रतुल की महायात्रा का साज-सरंजाम जुटा दिया—रामनाम सत्य के बीच हमारे दोनों नौकरों का उच्च स्वर मेरे कानों में आ रहा था—'बोलो हरि-हरिबोल' उस परदेश में भी बेचारे बंगाल को खींचकर

लाने का व्यर्थ प्रयत्न कर रहे थे।

मैं अपने कमरे में, जमीन पर पड़ी थी, मेरी चिंता थी ही किसे, ससुराल की नौकरानी हरिबाला ही मेरे सिरहाने बैठी, मेरी पीठ सहलाती रही–फिर उसे भी सोना मासी ने बुला लिया–धीरे-धीरे चार दिन बीत गए–सहसा चौथे दिन, सोना मासी देहरी पर आकर खड़ी हो गईं–"ऐ छूँड़ी, तेरे ससुर ने कहा है, हम कल गया जाएँगे–अशान्त आत्मा गई है उसकी, वहीं की प्रेतशिला में पिण्ड देना होगा, तब ही उसे मुक्ति मिलेगी–अपना सामान रख लेना–कल सुबह ही बस चल देगी–" चार दिन से अन्न का दाना भी मेरे मुँह में नहीं गया था, हरिबाला ही जबरदस्ती चाय पिला गई थी–उठने लगी तो पैर काँपने लगे, मैं फिर जमीन पर ही पसर गई।

आधी रात को मैंने पहली बार प्रतुल को सपने में देखा–एकदम रोगमुक्त उज्ज्वल चेहरा, वैसी ही बालसुलभ निर्दोष हँसी, "तिला, भाग जा दूर, कहीं" फिर वह धैर्य से मुझ पर झुका–

"प्रतुल, प्रतुल तुम आ गए हो ना? मैं जानती थी तुम अवश्य आओगे–" फिर अपनी ही बड़बड़ाहट से मेरी चेतना लौटी–पर यह कैसा भार था मेरी छाती पर, 'कौन था यह? प्रतुल, प्रतुल कहाँ से आ सकता था अब?'

मैंने डरकर उठने की चेष्टा की, शायद चीखने ही जा रही थी कि किसी के बलिष्ठ पंजे ने मेरा मुँह दाब दिया–अपनी दुर्बल देह की पूरी शक्ति लगाकर मैंने उस क्रमशः गुरुतर हो रहे भार को धक्का दिया और अपने ओंठों पर धरे पंजे पर जोर से दाँत गढ़ा दिए।

एक दबी चीख के साथ कोई सम्हलकर उठा–मैंने सिरहाने धरी लम्बी टार्च निकालकर जला दी–और एक पल को लगा, मैं गिर पड़ूँगी।

मेरे सामने मेरे ससुर खड़े हाँफ रहे थे–उनकी दोनों मदमत्त कामातुर आँखों से निकलती वासना की लपटें मुझे लीलने को बढ़ी आ रही थीं।

इतना नीच, इतना जघन्य, ऐसा पशु हो सकता है मानव? अभी इकलौते बेटे की चिता ठण्डी भी नहीं हुई और यह पशु, इस नीचता पर उतर आया–अपनी पूरी ताकत से मैंने वह भारी टार्च, उनके सिर पर दे मारी, वह एक दबी चीख के साथ, दोनों हाथों से सिर थामे जमीन पर बैठ गए और मैंने खिड़की से छलाँग लगा दी–लगता है, दयालु विधाता ने ही मुझे उस दिन गोद में उठा लिया होगा–क्योंकि उस ऊँचाई से कूदने पर भी मेरा न हाथ टूटा, न

पैर—फिर मैं बदहवास भागने लगी—सड़क पर घटाटोप अंधकार था, नन्ही-नन्ही बूँदें भी पड़ने लगी थीं—कड़ाके से बिजली बीच-बीच में चमक-चमककर मुझे पथनिर्देश दे रही थी, न मेरे पैरों में चप्पल थी, न साड़ी ही ठीक से बँधी थी—सहसा मुझे लगा, मैं किसी पेड़ से टकरा गई हूँ—फिर चेतना लौटी तो देखा, वह पेड़ नहीं, ओवरकोट पहने एक लम्बा व्यक्ति है।

"क्या बात है बेटी—क्यों भाग रही हो ऐसे, अभी तो पौ भी नहीं फटी..."

"मुझे बचा लीजिए, प्लीज मुझे बचा लीजिए..."

मैं रोती-बिलखती उस अनजान व्यक्ति से लिपट गई।

"आओ मेरे साथ, मेरा घर अगले ही मोड़ पर है," अँधेरे में मुझे कुछ नहीं सूझ रहा था, मैं उसका चेहरा भी नहीं देख पा रही थी—वही फिर मेरा हाथ थाम, मुझे ले गया।

अब कभी सोचती हूँ, वह यदि कोई गुण्डा होता तब तो मैं खाई से निकल खंदक में ही गिरी होती, किन्तु विधाता तो एकसाथ सब द्वार बन्द नहीं करता—अगले ही मोड़ पर उसका बंगला था, "बड़ी जल्दी लौट आए जॉन, आज क्या पूरा राउण्ड घूमने नहीं गए?" किसी स्त्री के स्वर में पूछे गए प्रश्न का उत्तर दिये बिना ही, उसने मृदु स्वर में कहा—"बैठो, मैं मारिया से कह आऊँ—गर्म चाय पिलायें तुम्हें—" मैंने उसके जाते ही, कुर्सी पर गर्दन डाल आँखें मूँद लीं—भयभीत कपोती-सी, मैं अभी भी काँप रही थी, कुछ ही घण्टों में विधाता ने जैसे मेरा जीवन ही उलट दिया था।

बहुत छोटी थी, तब ही से बाबा पूजा करने बैठते तो मैं लपककर उनकी गोद में बैठ जाती कि कब उनका जपार्चन पूरा हो और कब बताशे मिलें—उनके साथ-साथ मैं भी उनके मंत्रपाठ में स्वर मिलाती—आज उस घोर विपत्ति के क्षणों में, इतने दिनों की वे ही विस्मृत पंक्तियाँ स्वयं मेरे ओंठों पर फिसल गईं—गँवार देहाती की भाँति, दोनों पैर कुर्सी पर उठा मैं आँखें बन्द किये ओंठों ही ओंठों में बुदबुदाने लगी थी—

न तातो न माता
न बंधुर्न दाता
न पुत्रो न पुत्री
न भर्त्यो न भर्त्ता
न जाया न विद्या

न वृत्तिममेव
गतिस्त्वं गतिस्त्वम्
त्वमेको भवानी–

पर्दा खोलकर वे दम्पती मुझे आश्चर्य से मुँह खोल देख रहे हैं, इसका मुझे ध्यान ही नहीं था। पागलों की तरह सड़क पर नंगे पैर, अधखुली साड़ी लपेटे बदहवास भागती और अकेली बैठी आँखें बन्द किए स्वगत बड़बड़ाती मैं उन्हें निश्चय ही किसी पागलखाने से भागी पगली लगी हूँगी।

फिर उनमें से किसी ने धीमे स्वर में पूछा–"हेलो, हाउ आर यू फीलिंग–बैटर...?"

मैंने हड़बड़ाकर दोनों पैर नीचे कर लिए और उस व्यक्ति का, जो मुझे साथ लाया था, पहली बार मैंने चेहरा ठीक से देखा। एकदम स्याह रंग, चौड़ा माथा, घुँघराले बाल और संत की-सी मधुर हँसी–"लो चाय पियो, मेरा नाम जॉन है–तुम मुझे अंकल जॉन कह सकती हो और यह है मेरी पत्नी मारिया–" दोनों मेरे पास धरी कुर्सियों पर बैठ गए। "मैं यहाँ के मिशन स्कूल का हेडमास्टर हूँ–तुम डरो नहीं बेटी, यहाँ तुम्हारा कोई अनिष्ट नहीं होगा–"

उस सर्वथा अनजान परिवेश में, दिलासे के वे शब्द, मुझे फिर दुर्बल बना गए–मैंने सिर झुका लिया और मैं निःशब्द रोने लगी।

"पुअर डियर"–मारिया ने बढ़कर मेरा माथा थपथपाया–"तुम चाय पीकर थोड़ा आराम कर लो, जॉन को परीक्षा लेने आज रानीखेत जाना है, शाम तक लौट आएगा–तब तक तुम्हें कोई परेशान नहीं करेगा–मैं खाना बनाकर तुम्हारे कमरे में रख जाऊँगी–जब भूख लगे, खा लेना।"

फिर दोनों मुझे एक छोटे-से स्वच्छ कमरे में पहुँचा, द्वार बन्द कर चले गए–कमरे से संलग्न बाँस की खपच्चियों से बना एक काठ का बरामदा था–जाफरी को प्रिमरोज की घनी बेल ने ऐसे ढाँप दिया था कि मुखर सड़क का कोलाहल ही सुनाई देता, राहगीर नहीं दिखते थे। मैं हाथ-मुँह धोकर उस छोटी-सी कैंपको पर लेटी तो मेरा अंग-अंग टूट रहा था, पिछले चौबीस घंटों में जो तूफान मेरे ऊपर होकर गुजर गया था, उसने मेरे सोचने-समझने की पूरी शक्ति ही छीन ली थी–क्या करूँगी–अब कहाँ जाऊँगी मैं? और कैसे? बड़ी देर तक छटपटाती मैं न जाने कब गहरी नींद में ऐसी सोई कि आँखें खुलीं तो रात हो आई थी। एक क्षण को लगा, मैं अभी कल्याण हाउस में ही सो रही हूँ–वैसी ही गुलबनप्सी मदिर सुगन्ध और सिरहाने की मेज पर

धरा, एकदम वैसा ही कैरोसीन का लैंप, जैसा हरिबाला हमारे सिरहाने धर जाया करती थी। लैंप की लौ शायद जानबूझकर ही कम कर दी गई थी कि कहीं तेज रोशनी मेरी नींद में व्याघात न डाले। दयालु गृहस्वामिनी प्लेट में ढककर खाना भी रख गई थीं। नये परिवेश को मेरी अर्धसुप्त चेतना स्वीकार ही कहाँ कर पाई थी? मुझे लग रहा था, अभी-अभी सोना मासी द्वार भड़भड़ाकर चिल्लाएँगी–"लज्जा नेंई छूँडी, दिन दुपूरे दरजा बंद करे जत सब नेकामी--छी छी–" ("शर्म नहीं आती छोकरी? भरी दुपहरी में द्वार बन्द कर–यह सब ढोंग–छि-छि!")

मैं हड़बड़ाकर बैठ गई। क्रमशः चैतन्य हो रही आँखों ने, फिर उन दोनों को द्वार पर खड़े देखा।

एक नीली छींट के फूलदार गाउन पर झकझक करते सफेद ऐप्रन से हाथ पोंछती मारिया मेरी पलँग पर बैठ गई, "कैसा जी है अब? जॉन, चाय बनाकर पैंट्री में रख आई हूँ, ले आओ तो डार्लिंग–" फिर उन्होंने कम्बल ओढ़ा मुझे जबरदस्ती लिटा दिया–"अब बताओ बेटी, कहाँ से झगड़कर भागी हो–मायके से या ससुराल से?"

चाय की ट्रे लेकर अंकल जॉन ने पत्नी को डपट दिया–"चाय तो पी लेने दो उसे–क्यों परेशान कर रही हो–?"

कैसा आश्चर्य था कि मुझे एक ही साँस में उन्हें अपनी पूरी कहानी सुनाने में जरा भी संकोच नहीं हुआ–यहाँ तक कि अपने नरपिशाच ससुर की कामांधता की यवनिका भी मैंने निर्भीक, निःसंशय होकर उठा दी थी। एक पल को दोनों स्तब्ध रह गए फिर अंकल जॉन ने ही गंभीर-संयत स्वर में कहा–"तुम अपने पिता का पता दे दो, मैं अभी तार कर उन्हें यहाँ बुला लेता हूँ।"

"नहीं, नहीं," मैंने अविवेकी उद्विग्नता से अंकल जॉन के दोनों हाथ पकड़ लिए–"प्लीज आप ही मुझे उनके पास ले चलिए, माँ-बाबा दोनों हार्ट के मरीज हैं–तार में क्या आप उन्हें पूरी बात बता पाएँगे? बौरा जाएँगे दोनों।"

"ठीक ही तो कह रही है जॉन? " मारिया ने कहा–"तुम खुद जाकर उसे पहुँचा आओ–"

एक क्षण को अंकल जॉन गहरे सोच में डूब गए–"मेरा जाना क्या ठीक होगा मारिया?" अल्मोड़ा छोटा-सा शहर है, किसी ने देख लिया तो लोग बीसियों बातें पूछेंगे, कौन है यह? कहाँ से, कब से जानता हूँ, कहीं से भगाकर

तो नहीं लाया? तुम तो जानती हो यहाँ आजकल कैसी-कैसी अफवाहें फैल रही हैं कि हम मिशनरी हिन्दू बच्चों को चुरा, अपने घरों में बंदी बना उन्हें ईसाई बना रहे हैं–" किन्तु मारिया को इसका कोई भय नहीं था–ऐसा नहीं था–"ऐसा ही है तो मैं चलूँगी साथ में, किसी ने पूछा भी तो कह देंगे–हमारे मिशनरी बंगाली मित्र की पुत्री है, हमसे मिलने आई थी, उसे ही पहुँचाने जा रहे हैं–देखो बेटी, तुम्हें यह माँग का सिन्दूर रगड़-रगड़कर मिटाना होगा–कहीं से भी हिन्दू न लगो, समझीं?" उस दुःख की घड़ी में भी मेरे ओंठों पर हँसी आ गई–सिन्दूर तो स्वयं विधाता ही मिटा चुका था–मैं क्या मिटाऊँ! तीन दिन बाद तड़के ही हम चल दिए थे, मारिया आंटी अन्त तक नहीं गईं, "हम दोनों अचानक ऐसे घर बन्द कर चले जाएँगे तो पड़ोसियों को और सन्देह होगा–" तीन दिन के उस अनजान गृह के स्नेहपूर्ण आतिथ्य ने मेरे ताजा खुले घाव पर जैसे शीतल पट्टी रख दी थी। कितनी लम्बी लगी थी वह यात्रा, प्रतुल के साथ वही यात्रा कितनी छोटी लगी थी, मेरा हाथ यात्रा-भर कसकर पकड़े रहना, शून्य दृष्टि से कम्पार्टमेन्ट की छत को एकटक देखना–एक-एक स्मृति का गह्वर मेरे कण्ठ में अटक रहा था।

बस-अड्डे से थोड़ी ही दूर पर मेरा पितृगृह था–वेणुवन की एक प्राकृतिक सुरम्य गैलरी को पार करते ही हमारी बरसाती थी–मेरे पैर सहसा काँपने लगे–कैसे देखूँगी माँ, बाबा को–अभी तीन ही महीने पहले तो शहनाई की करुण गूँज के साथ यहाँ से विदा हुई थी। कैसी शोभा थी तब इस गृह की, रंगीन बंदनवार, लोगों की भीड़ और आज उसी गृह को मेरा वैधव्य, क्या मुझसे भी पहले पहुँच ऐसा श्रीहीन बना गया था? सूर्य ढल चुका था, प्रौढ़ संध्या के रक्तिम-आलोक में पितृगृह की अट्टालिका की पहली झलक ही मुझे जड़ बना गई–प्रहरी-से कदम्ब-शिरीष-कटहल के वृक्ष पूर्ववत् खड़े थे, कामिनी, टगर, गोलोक, चम्पा, स्थल पदम, पारिजात की मदमस्त खुशबू ने सहसा मेरी स्मृति के नथुने फड़का दिए–मेरे लिए कभी यह धरणी भूतल का भूस्वर्ग थी, आज प्रकृति की यही निभृत गोद मुझे मसान-सी मनहूस लग रही थी।

अंकल जॉन ने शायद मेरे उद्वेलित चित्त की व्यथा भाँप ली थी, मेरी उत्साही चाल सहसा मंथर पड़ गई थी–उन्होंने मुझे गुदगुदाने की चेष्टा की–"अब समझ में आया, तुम क्यों बार-बार यहाँ आने की जल्दी कर रही थीं–मेरी उस झोंपड़ी में तुम दो दिन साँस भी ले सकीं, यही आश्चर्य हो रहा है मुझे–तुम्हारा घर तो महल है बेटी–"

'नहीं अंकल जॉन, आपके यहाँ मुझे जो मिला वह किसी भी महल में नहीं मिल सकता था।' मैं कहना चाह रही थी पर कहाँ कह पाई? नियति ने तो मुझे गूँगी बना दिया था।

बरामदे में खड़ी हुई तो अस्वाभाविक सन्नाटा देख मेरा माथा ठनका–कहीं माँ, बाबा पाण्डिचेरी तो नहीं चले गए? तेरा ब्याह निबटा हम महर्षि के दर्शन करने जाएँगे–यही तो कहा था बाबा ने और फिर वे दोनों तो वहाँ प्रायः ही जाते रहते थे किन्तु निकट आने पर देखा, केवल द्वार बन्द था, ताला नहीं था। मैंने ही कुण्डी खटखटाई–

"कौन?"

"बाबा, मैं हूँ तिला–"

और फिर द्वार खोलते ही बाबा ने अविश्वास से मुझे देखा, फिर छाती से लगा लिया। "सोना रे माँ आमार, की होये गैलो रे–" (मेरी लाड़ो–यह क्या हो गया–)

तो मेरा अनुमान ठीक ही था। उन्हें मेरे वैधव्य का दुःसंवाद देने में मेरे ससुरालवालों ने विलम्ब नहीं किया था। "के गो? के कांदछे?" कौन है जी, कौन रो रहा है? फिर कोई उत्तर न पाकर माँ भागकर आई और मुझे देखते ही उसने मुझे छाती से लगा लिया और विह्वल हो, ऐसे चूमने लगी जैसे अपनी बिछुड़ी बछिया को गाय चूम-चाट रही हो।

अपने उस मिलन में, हम अक्षम्य स्वार्थपरता से, उस देवतुल्य व्यक्ति को भी भूल-बिसर गए, जिसने हमारे उस मिलन को ऐसे सहज बना दिया था। हम तटस्थ हुए तो वह किसी देवदूत-सा ही अपना कर्तव्य पूरा कर तिरोहित हो गया था। हम उसे कभी धन्यवाद भी नहीं दे पाए–पत्र भी लिखते तो किस पते पर? अल्मोड़ा की ईसाई बिरादरी में क्या वह एक ही जॉन होगा? माँ-बाबा ने मेरी कहानी सुनी तो स्तब्ध रह गए–

"यह तो तेरी विदा के तुरंत बाद ही हमें पता चल गया था कि हमारे साथ भयानक प्रवंचना की गई है–लड़का बी.ए. भी नहीं कर पाया था कि हॉस्टल ही में उसे यह बीमारी लग गई थी, उस पर वृद्ध उन्मादिनी तेरी सास, वर्षों से राँची के पागलखाने में है, यही नहीं, पागलपन उनके पूरे खानदान में है, लड़के के दोनों मामा भी पागल हैं–यह सब हमें बाद में पता लगा–तेरे मामा ने ही हमारा सर्वनाश किया बेटी–कहता था, आँखें बन्द कर निबटा दो कन्यादान, लड़की राजरानी बनकर रहेगी, गहनों से लाद देंगे माधव

बाबू—और गहनों से कैसा लादा तुझे! गर्दन ही तोड़कर रख दी—" माँ फिर मुझे पकड़कर विलाप करने लगी—"यह कैसा दण्ड दिया ठाकुर—कैसा द्विरागमन किया था अभागिनी का।"

"तुम यह रोना-धोना बन्द करो तो," बाबा ने उस बेचारी को डपट दिया था—

"एक तो खुद ही अधमरी हो रही है वह बेचारी, उस पर तुम और घबड़ा रही हो उसे।"

माँ सहमकर चुप हो गई।

"तू चिंता मत कर खुकू, अभी तेरा बाप जिन्दा है—पढ़ा-लिखाकर तुझे स्वावलम्बी बना दूँगा।"

किन्तु, धीरे-धीरे मुझे लगने लगा कि बाबा का साहस भी चुक रहा है। घर गिरवी पड़ा था, माँ के गहने मेरे विवाह में ही बिक चुके थे—चाँदी के बर्तन, हाथी की अम्बारी, दुर्लभ बन्दूकें सब ही तो बिक गई थीं—आमदनी छल्ले-भर की नहीं थी उस पर हर पल, सर्वशक्तिमान शत्रुपक्ष का भय—पत्ता भी खड़कता तो बाबा चौकन्ने हो जाते—कहीं ससुराल का कोई पेशेदार तो मुझे लिवाने नहीं आ गया! मेरे ससुर कभी भी कानूनी मदद से मुझे अपने साथ खींचकर ले जा सकते थे—इसी से शायद उन्होंने रहे-सहे—आयुध भी डाल दिए।

"खुकू, सोचता हूँ, तुझे तेरी बुआ के पास भेज दूँ, वह पहले भी कई बार तुझे माँग चुकी है—एक वही तुझे पढ़ा-लिखाकर योग्य बना सकती है और माधव बाबू की वहाँ दाल कभी नहीं गल सकती, बड़ी दबंग है वह—तुझे वहाँ भेज मैं और तेरी माँ पांडिचेरी चले जाएँगे—वैसे भी अगले वर्ष की अन्तिम अवधि तक मैं यह बन्धक पड़ी हवेली नहीं छुटा पाऊँगा।" मैं रोने लगी थी।

"रो मत खुकू"—मेरे सिर पर हाथ फेरकर बाबा कहने लगे थे—"तेरे ससुर की नीचता का कोई अन्त नहीं है, वह कभी भी नंगेपन पर उतर सकता है। तुम वहाँ से जब जी चाहे मिलने आ सकती हो—"

किन्तु, मैं फिर कहाँ जा पाई? वहाँ जाने के तीसरे ही महीने बाबा के दिमाग की नसें फट गईं, वे नसें पहले क्यों नहीं फट गईं, यही आश्चर्य था—उनके जाने के छः महीने बीतते, माँ भी चली गई। मेरे स्वर्णपुर की स्वर्णनगरी दो ही झटकों में, ऐसी भस्मीभूत हुई कि मैं राख भी नहीं छू पाई। अपनी निःसंतान बुआ से मुझे जो दुर्लभ दान मिला, उसी ने मुझे आज वह बना

दिया जो तू देख रही है। मैंने एम.ए. किया, लन्दन युनिवर्सिटी से डाक्टरेट ली, वहीं ओरियंटल स्टडीज स्कूल में लेक्चरर रही और फिर बीमार अकेली बुआ की देखभाल करने भारत लौट आई। आज युनिवर्सिटी के इस उच्चतम पद पर हूँ--बुआ की बहुत इच्छा थी, मैं फिर विवाह कर लूँ–"तेरा रूप और यह कच्ची उम्र, कैसे काटेगी तू? मैं क्या अमरबूटी खाकर आई हूँ? मेरे बाद तेरा क्या होगा?"

"नहीं," मैंने दृढ़ता से कहा था–"एक बार ही भर पाई, मैं अब कभी विवाह नहीं कर सकती–"

"पर तेरे पति ने तो तेरा स्पर्श भी नहीं किया," बुआ मुझसे सबकुछ सुन चुकी थीं।

"नहीं बुआ, मैं कभी विवाह नहीं करूँगी–" कैसे कर सकती थी मैं? तीन महीनों की स्मृतियों की जो अमूल्य सुवर्ण मुहरों की गागर छाती से लगाए घूम रही थी–कैसे भूल सकती थी मैं उस शून्य में फैली बाँहों का व्यर्थ आह्वान?

"तिला-तिला, एक बार तुझे छाती से लगा लूँ–"

यही मेरी कहानी का पूर्वार्ध है, क्यों उत्तरार्ध सुनने का धैर्य है अब?

धैर्य भले ही हो तुझे, विश्वास कभी नहीं होगा, पर मैं सच कहती हूँ, जो कुछ तुझे सुनाने जा रही हूँ–उसमें केवल सच है, कल्पना या अतिशयोक्ति का स्पर्श भी नहीं है–"बुआ की मृत्यु के बाद मैं उन्हीं की कोठी में उनकी पुरानी गूँगी-बहरी–नौकरानी आनन्दी बाई के साथ अकेली रह रही थी–अपनी पूरी सम्पत्ति बुआ मेरे नाम कर गई थीं–नौकरी नहीं करती तो हाथ पर हाथ धरे, जीवन-भर किसी महारानी की ही भाँति मैं रह सकती थी–पर दौलत के सहारे ही तो जिन्दगी नहीं कटती! कभी-कभी हँसी भी आती थी, कि जब पूर्ण यौवना थी तब किसी ने मेरा हाथ नहीं माँगा, अब विरासत हाथ लगने का समाचार लोगों ने सुना, तो एक-से-एक रंगीन नौशों ने मुझे घेर लिया, कोई बत्तीस वर्ष का बिजनेस इक्जीक्यूटिव था, कोई चालीस वर्ष का सुदर्शन विधुर, कोई विदेश प्रवासी उद्योगपति और कोई विश्वविद्यालय का रजिस्ट्रार। पर मैंने भी दुनिया देखी थी, मैं अपने निश्चय पर अडिग, अटल जमी रही।

" एक दिन, बड़ी रात को घण्टी बजी। द्वार हमेशा मैं ही खोलती थी, क्योंकि मेरी बहरी-गूँगी नौकरानी न सुन ही सकती थी, न बोल ही पाती थी।

" द्वार पर एक दुबले-पतले, सन-से सफेद बालों पर काली टोपी लगाए, एक सौम्याकृति वृद्ध खड़े थे। हे भगवान, मैंने मन-ही-मन सोचा, क्या यह चिता में चढ़ने को तत्पर वृद्ध भी अब मेरा हाथ माँगेगा!

" 'क्षमा कीजिएगा, पर क्या आप ही डॉ. तिलोत्तमा ठाकुर हैं?'

" 'जी हाँ–कहिए–'

" 'आपसे एक जरूरी काम है, क्या मैं अन्दर आ सकता हूँ?'

" और कोई होता तो मैं भगा देती, यह कोई वक्त था आने का? उस पर मैं कुछ ही घण्टे पहले, हैदराबाद की एक सेमिनार से लौटी थी, बेहद थक गई थी–किन्तु उस शान्त सौम्य चेहरे की विनम्रता में कुछ ऐसी बात थी कि मैंने द्वार पूरा खोलकर कहा–आइए–

" आनन्दी बाई, कौतूहली दृष्टि से आगंतुक को देख रही थी, क्योंकि एक तो मुझसे कोई पुरुष कभी मिलने आता ही नहीं था, उस पर इतनी रात को!

" मैंने देखा, वृद्ध के हाथ में एक स्काई बैग था जिसे वह बैठने पर भी छाती से सटाए था, जैसे उसमें कोई दामी वस्तु धरी हो और नीचे रखने में भी वह शंकित हो रहा हो।

" 'देखिए, इतनी दूर से एक अनुरोध करने आया हूँ--आपको मेरे साथ चलना ही होगा–मैं ये दो एयर टिकट भी ले आया हूँ–कल सुबह पाँच बजे की फ्लाइट है।' बैग खोल उसने दो एयर टिकट मेज पर धर दिए।

" मैं आश्चर्य से उसे देख रही थी–पागल था क्या या किसी यूनिवर्सिटी के अचानक आयोजित किसी जलसे की मुख्य अतिथि बनने का पैगाम लेकर आया था–'कहिए।'

" 'देखिए, मेरे पास समय बहुत कम है'–वह घबड़ाकर फिर ऐसी अप्रत्याशित हरकत कर बैठा कि मैं विचलित होकर खड़ी हो गई।

" 'आप क्या कर रहे हैं यह!' मेरा स्वर शायद झुँझलाहट में कुछ तीखा ही हो गया था–

" वह वृद्ध बुरी तरह सिसकता मेरे पैर पकड़ धम्म से जमीन पर बैठ गया था–'मेरा बेटा मृत्युशैया पर है, एक ही बेटा है मेरा–आप एक बार चलकर उसे देख लीजिए बस।'

" 'पर देखिए, आप शायद गलत घर में चले आए हैं–मैं चिकित्सक

नहीं हूँ, पी.एच.डी. की डॉक्टर हूँ—युनिवर्सिटी में पढ़ाती हूँ—आप शायद डॉ. तिलोत्तमा गोखले का घर ढूँढ़ रहे हैं, वह उस चौथी गली में रहती हैं—'

" 'नहीं—मैं आप ही को लेने आया हूँ। आप ही की रट लगाए है वह—उसे शान्ति से जाने दीजिए डॉक्टर—'

" तब, क्या अभागा कोई मेरा पुराना छात्र था?

" 'क्या नाम है आपके पुत्र का?'

" 'प्रतुल, प्रतुल मुंडककुर, कोंणी हैं हम—'

" 'प्रतुल?' मेरा हृत्पिंड सहसा पेंडुलम-सा डोलने लगा—प्रतुल, प्रतुल—इस नाम के प्रति अभी भी मेरी आशक्ति गई नहीं थी।

" 'पहले आप मेरी पूरी बात सुन लीजिए—कैसा मूर्ख हूँ मैं—बिना भूमिका के आप समझेंगी ही कैसे?

" 'मैं अवकाश-प्राप्त चीफ इंजीनियर हूँ—शिवशंकर नाम है मेरा—बेंगलूर में बहुत बड़ा फार्म हाउस बनाकर, इसी बेटे के साथ रहता हूँ—मेरी पत्नी की मृत्यु, इसके जन्मते ही हो गई थी, इसी बेटे को छाती से लगाकर पाला है मैंने, माँ और बाप बनकर। इसी भय से दूसरा विवाह नहीं किया—सौतेली माँ इसे कष्ट देगी—मैं तब 26 वर्ष का ही था—बेहद मेधावी था यह बालक, मैंने विनायक नाम रखा था—पाँच वर्ष का हुआ तो बोला, अप्पा आप मुझे विनायक क्यों कहते हैं? मेरा नाम तो प्रतुल है—रंगपुर में मेरे पिता की बहुत बड़ी कोठी है, आपसे भी बड़ी—ले चलोगे ना मुझे रंगपुर? पहले मैंने अपने इस वाचाल बेटे की बात को गम्भीरता से नहीं लिया—एक नम्बर का गप्पी तो था ही—दिन-रात नई कहानी गढ़कर मुझे सुनाता रहता था पर फिर वह दिन-रात एक ही रट लगाने लगा—

" 'मुझे ले चलो ना अप्पा, वहाँ मेरी तिला है तिलोत्तमा—'

" 'कौन तिला?' मैंने धड़कते हृदय से पूछा।

" 'क्यों तिला को भूल गए? मेरी पत्नी, तुम्हारी बहू—दूध-सा उजला रंग है उसका और अजगर से भी मोटी चोटी—ठीक ऐसी ही लगती है।' " कह उसने दीवार पर लगे मेनका विश्वामित्र की, रवि वर्मा की बनाई तस्वीर की ओर अँगुली उठा दी—

" 'तब मेरा माथा ठनका—मायसोर में, मेरे गुरु थे जिन्होंने मुझे दीक्षा दी थी—मैं अपने पुत्र को लेकर, उन्हीं के पास भागा—महाराज, कैसी-कैसी बातें करता है यह—मेरा तो एक यही है—कहीं यह भी रंगपुर भाग गया तो मेरी तो

दुनिया ही उजड़ जाएगी गुरुदेव।' स्वामीजी का शांत चेहरा उद्वेगरहित रहा।

" 'आप कुछ करिए महाराज, इसे अतीत की स्मृतियों से स्मृतिभ्रष्ट कर दीजिए—जिससे इसे कुछ भी याद न रहे—'

" 'चिन्ता मत करो शिवशंकर, जैसे-जैसे बड़ा होगा, इसकी पूर्वजन्म की स्मृतियाँ स्वयमेव विलुप्त हो जाएँगी।'

" 'न जाने उन्हीं की कृपा थी या बढ़ती वयस का प्रभाव, धीरे-धीरे प्रतुल ने फिर विनायक नाम स्वीकार कर लिया और कभी भूलकर भी रंगपुर का नाम नहीं लिया—मैं उसे एक पल को भी अपने से विलग नहीं होने देता, दौरे पर भी जाता तो वह मेरे साथ रहता पर कब तक? वह बड़ा हुआ, पहले स्कूल गया फिर कालेज—वह मेधावी तो था ही, कण्ठ भी था उतना ही मधुर—वादविवाद में उसे कोई कभी पराजित नहीं कर पाया, उस पर गणित में तो उसका लोहा, उसके अध्यापक भी मान गए थे, सरस्वती जैसे स्वयं प्रसन्न हो सदैव उसके जिह्वाग्र पर बैठी रहती । उसके अध्यापक कहते—'दूसरे रामानुजम ने तुम्हारे घर में जन्म लिया है मुंडुकुर, बड़ी चेष्टा से इसका लालन-पालन करना—' मैं मन-ही-मन डरता भी रहता था, सुना तो यही था कि अत्यंत मेधावी बालक अल्प आयु ही होता है। फिर वह आई.आई.टी. इंजीनियर बनते ही बिना कुछ प्रयास किए ही ऊँची फर्म की नौकरी पा गया। मुझे लगा मैं अब पिता का कर्तव्य पूरा कर चुका हूँ, अब एक ही कर्तव्य बाकी है, उसका विवाह कर वंशधर का मुँह देख लूँ—

" 'मैं उसके लिए सुकन्या संधान में जुटा हूँ, यह खबर उसे मेरे मित्र राघवन ने दी तो वह उसी रात आकर मेरे बगल में लेट गया। अभी भी वह अपने बचपन के अभ्यास से मुक्त नहीं हो पाया था। रात को एक बार अवश्य वह मेरे पास लेट, अपनी बाँहें मेरे गले में डाल देता था—

" 'अप्पा, सुना आप मेरे लिए लड़की ढूँढ़ रहे हैं?'

" 'हाँ बेटा, चौबीस वर्ष के हो गए हो, अच्छी नौकरी पा गए हो—अब मैंने तुम्हारी बहुत देखभाल कर दी—इस उम्र के बाद, पुत्र की देखभाल पिता को शोभा नहीं देती।'

" 'पर मेरा विवाह तो हो चुका है अप्पा!'

" 'क्या? मेरी छाती में जैसे किसी ने कसकर मुक्का मार दिया—कहीं किसी विजातीय लड़की से प्रेम-विवाह तो नहीं कर लिया! उसके दो मित्र तो

ऐसा कर ही चुके थे–

“ ‘मुझे क्यों नहीं बताया बेटा, मैं क्या तुझे मना करता? कौन है वह? हिन्दू है ना?’

“ ‘हिन्दू नहीं हुई तो क्या उसे निकाल दोगे अप्पा?’ वह शैतानी से हँसा–

“ ‘मैं और भी भयभीत हो गया, निश्चय ही कोई विजातीय लड़की होगी–

“ ‘चुप क्यों हो गए अप्पा?’ फिर वह उसी खिलवाड़ में उचककर बैठ गया और मेरे हाथ थाम हँसने लगा–‘बेहद डर गए ना अप्पा–हाँ हिन्दू ही है–ब्राह्मण–’ मेरी संस्कारशील छाती से जैसे पत्थर की शिला हट गई।

“ ‘फिर चुपचाप क्यों शादी कर आया, मैं धूमधाम से तेरी शादी करता–अपने दिल के सारे अरमान निकालता विनायक–’

“ ‘विनायक नहीं प्रतुल कहो अप्पा।’

“ ‘मेरे हाथ-पैर ठण्डे पड़ गए, इतने वर्षों बाद क्या मेरा विनायक फिर मुझे छोड़ने की धमकी दे रहा था–आज तो गुरुदेव भी नहीं रहे जो उनके पास भागूँ–’

“ ‘तिला तिलोत्तमा है मेरी पत्नी।’

“ ‘पागल मत बनो विनायक, तुम पढ़े-लिखे वैज्ञानिक हो–फिर भी ऐसी मूर्ख बातें कर रहे हो–ऐसा होता है कभी?’

“ ‘होता है, अप्पा, मेरे साथ हुआ है–इसी से कह रहा हूँ, आप मेरे विवाह की चिन्ता छोड़ दें।’

“ ‘वह फिर भोले शिशु की-सी निर्दोष निद्रा में डूब गया–मैं ही अभागा रातभर बेचैनी से छटपटाता रहा–पर वह दूसरे दिन एक बार फिर अपनी स्वाभाविकता पर लौट आया–दूसरे ही दिन उसे नौकरी पर जाना था। मुझे लेकर दूर तक ड्राइव कर ले गया, बाजार से ढेर सारा मक्खन, ब्रेड, चीज, अण्डे लेकर फ्रिज को भर गया–’

“ ‘मैं जानता हूँ, मेरे जाने के बाद तुम अपनी परवाह नहीं करते हो अप्पा। थोड़े दिन की बात है, फ्लैट मिलते ही मैं तुम्हें अपने साथ ले जाऊँगा! अकेले नहीं रहने दूँगा–”

“ ‘जाने से पहले, वह पिता को जीवितावस्था में ही एक-एक पिण्ड देकर पितृऋण से मुक्त होना चाहता था शायद–

" 'छह महीने बीत गए, उसके नियमित पत्र आते रहते, वह अपनी नई नौकरी से बहुत प्रसन्न है, फ्लैट मिलने ही वाला है, वह देख ही नहीं आया, मापकर पर्दे भी बनवा लिए हैं–अब जल्दी ही आकर मुझे ले जाएगा–यही लिखा था उसने अपने अन्तिम पत्र में–

" 'पर वह मुझे लेने नहीं आया–

" 'मैं ही उसे लेने गया था–

" 'पहले कई दिनों तक हँसमुख पत्रों की मरीचिका में वह मुझे छलता रहा–फिर अचानक उसके एक सहकर्मी मित्र का फोन आया–वह दो महीने से बीमार है और मुझे खबर देने को उसी ने मना कर दिया था–मेरे पिता का दिल बहुत कमजोर है–घबड़ा जाएँगे फिर टायफाइड ही तो है–किन्तु जिसे सन्निपात ज्वर समझा गया, वह था घातक कर्कट का पंजा–पहले डॉक्टर भी नहीं समझ पाए–जब निदान हुआ तो शत्रु झण्डा गाड़ चुका था–'आप फौरन चले आइए–ल्युकोमिया है, जल्दी ही किमोथैरेपी होगी–आपका उस समय यहाँ होना जरूरी है–'

" 'मैं हवा के वेग से भागकर पहुँच गया–उसे देखा तो अपने ही बेटे को नहीं पहचान पाया–कुछ महीने पहले तो हँसता-हँसता गया था–और आज? चेहरा रक्तहीन, आँखों के नीचे कालिमा, शरीर केवल अस्थिपिंजर किन्तु चेहरे पर लगी वही चिरआनन्दी हँसी–हल्लो अप्पा–

" 'किसी अदृश्य पाश ने मेरा गला घोंट दिया पर मैं तो घर से दृढ़ निश्चय कर चला था कि उसके सामने मैं टूटूँगा नहीं–'

" 'देखा अप्पा, आपने कितने यत्न से चौबीस सालों तक मेरे खून को सींचा और साला भगवान्, उसी खून में दिन-रात बेईमान ग्वाला बना, पानी मिला रहा है।' वह हँसा।

" 'नहीं बेटा, भगवान् के लिए ऐसे अपशब्द मुँह से मत निकालो–'

" 'मैंने उसके सफेद ललाट को छुआ तो लगा फ्रिज से निकली बर्फ की ट्रे छू ली है–एकदम ठण्डा, हिमशीतल–

" 'किमोथैरेपी के दो दिन तो वह चहकता ही रहा–डॉक्टर प्रसन्न थे–ही इज रिस्पांडिंग वेरी वैल–किन्तु तीसरे दिन से ही वह असह्य यंत्रणा में छटपटाने लगा–सारा दिन वमन कर वह निष्प्राण पड़ा था।'

" 'अप्पा, इनसे कहो, मुझे अब और न छेड़ें–घर ले चलो मुझे–'

" 'पर एक बार डाक्टरों के चंगुल में फँसकर क्या अपनी इच्छा-अनिच्छा कुछ रह जाती है? पन्द्रह दिन की जानलेवा कवायद के बाद ही डॉक्टरों ने मुक्त किया।'

" 'अब आप चाहें तो घर ले जा सकते हैं, पर तीन महीने बाद फिर दिखाना होगा–'

" 'किन्तु स्वयं डॉक्टर और मैं दोनों उसी क्षण समझ गए थे कि वे तीन महीने, उसके जीवन में कभी नहीं आएँगे।

" 'मैं उसे घर ले आया–दिन-रात उसकी एक ही रट है अब–'उसे ले आओ अप्पा–'

" 'किसे?'

" 'अपनी बहू को, तिला को–जाने से पहले एक बार मिलना चाहता हूँ उससे। उसकी अवस्था अब ऐसी है कि वह बिना सहारे के उठ-बैठ नहीं सकता–कैसे छोड़ता उसे और कहाँ ढूँढ़ता उसकी तिला को...

" 'फिर उसी ने कहा–अपने मित्र राघवन शास्त्री को छोड़ जाइए मेरे पास–पहले रंगपुर जाइएगा फिर वहाँ पता न लगे तो स्वर्णपुर जाइएगा, वहीं मेरी ससुराल है–सारा नक्शा बनाकर उसने मुझे थमा दिया था–कहाँ ट्रेन बदलनी होगी, कहाँ से बस मिलेगी, एकदम ठीक बताया था, कहीं कोई चूक नहीं।

" 'फिर मैंने वही किया–पहले रंगपुर गया तो पता लगा, वहाँ अब कोई नहीं रहता, लोग मुझे ऐसे देखने लगे जैसे मैं परलोक का कोई यात्री भटककर आ गया हूँ–'वर्षों पहले एक माधव बाबू रहते अवश्य थे।' एक बुजुर्ग ने कहा–'अपनी साली के साथ वे अपने इकलौते बेटे की मौत के बाद यहीं रहते थे, पर साली की मृत्यु के बाद दिमाग फिर गया था उनका, एक दिन इसी हवेली में चूहामार विष खाकर आत्महत्या कर ली तब से यह बन्द पड़ी है, कहते हैं अभी भी नित्य आधी रात को उनका प्रेत यहाँ आकर महफिल जमाता है, खूब नाच-गाना होता है मौशाई, जान-जान देखे आशून (जाइए-जाइए देख आइए–)।'

" 'स्वर्णपुर गया तो पता चला, तुम्हारे माता-पिता दोनों पाण्डिचेरी चले गए थे। वहीं उनकी मृत्यु हो गई–तुम्हारे घर में अब लड़कियों का स्कूल है, वहीं तुम्हारे एक पड़ोसी वृद्ध मिल गए हरिदास पाल, उनसे शायद तुम्हारा

कभी पत्र-व्यवहार होता था—उन्हीं से यह पता लिया—आज दस दिन से छोड़ा है उसे, पता नहीं कैसा है पर इतना जानता हूँ—तुमसे मिले बिना वह जा नहीं सकता—चलोगी ना बेटी, तुम नहीं गईं तो मैं भूखा-प्यासा तुम्हारे ही द्वार पर प्राण त्याग दूँगा।' "

अब तू ही बता, मैं कैसे न आती?

बैंगलोर में, उनका फार्म हाउस एयरपोर्ट से चालीस मील दूर था। टैक्सी लेकर पहुँचते-पहुँचते रात हो गई थी।

लुंगीधारी एक गंजे वृद्ध अधैर्य से बाहर चहलकदमी कर रहे थे, हमें देखते ही लपककर बढ़ आए—

"आ गए तुम? मैं घबड़ा ही गया था—कैसा है विनायक?"

"जैसा तुम छोड़ गए थे, पत्ता भी खड़कता है तो मुझे बाहर ठेल देता है—देखिए तो जाकर, कहीं आ तो नहीं गए?"

"आओ बेटी," मैं डरती-डरती भीतर गई।

"विनायक बेटा, आँखें खोलो, देखो कौन आया है..."

मेरा कलेजा बुरी तरह धड़क रहा था, कैसा पागलपन कर बैठी थी मैं, क्यों आ गई थी यहाँ मरने?

एक विराट पर्यंक पर, बित्तेभर की अस्थि-पंजर-सी देह, रक्तहीन चेहरे के गहन गर्त में धँसी आँखें—अविचलित गांभीर्य से भिंचे सफेद पपड़ी पड़े ओंठ—कौन कहेगा कि यह इंजीनियरी पास कर नौकरी भी कर चुका है—पन्द्रह-सोलह वर्ष का कोई शापभ्रष्ट गंधर्व किन्नर ही था क्या वह? मेरे प्रतुल के चेहरे से उस श्यामवर्णी चेहरे का कोई भी साम्य नहीं था, सहसा उसने आँखें खोलीं, उन रेशमी पलकों की चिलमन से झाँकती उन प्रेमोज्ज्वल पुतलियों को मैंने पहचान लिया—एकदम वही निर्दोष झलक और वैसी ही बालसुलभ हँसी—

"मैं जानता था तुम आओगी, थैंक्यू अप्पा।"

अप्रस्तुत होकर, मेरे पीछे खड़े दोनों मित्र बहाना बनाकर खिसक गए—"हम चाय बना लाएँ तुम बहुत थकी होगी—"

मैं सिरहाने धरी कुर्सी पर बैठ गई।

"तुमने बड़ी देर कर दी"—उसका थका-टूटा स्वर जैसे मीलों दूर से आ रहा था—मैंने कहा था ना तिला उन अभागे विदेशियों की भाँति मुझे भी

अपनी धरणी में दो गज जमीन नहीं जुटेगी–मैं रंगपुर कभी नहीं लौट पाऊँगा, वही हुआ–कर्क एण्ड टैप्ले एंड प्रतुल भट्टाचार्य–

मैं काँप गई–कैसे जान गया था वह!

"तुम्हें याद है तिला, मेरा एक गाना तुम बार-बार सुनती थीं–"

तोर मनेर मानुष एलो द्वारे
मन जखन जागली नारे

–मैं तो कब से तुम्हारा दरवाजा खटखटा रहा था पर तुम तो सोती रहीं–अब आई भी हो तो बहुत देर हो चुकी है।

मेरी आँखों से झर-झर आँसू बह रहे हैं, यह मुझे स्वयं पता नहीं लगा–उसी ने अपना दुर्बल हाथ, मेरे आँसू पोंछने ऊपर किया तो कलाई पर बँधी, उसकी घड़ी सर्र से कुहनी तक खिसक गई–फिर, हमारे संक्षिप्त सुखद साहचर्य की वह एक-एक घटना आश्चर्यजनक तत्परता से सुनाता चला गया–मैंने उसके जाने के दिन, कौन-सी साड़ी पहनी थी, कैसे रंग का शॉल, सबकुछ बताया, वह सहसा हँसने लगा–"और यह तिल" उसने मेरे कपोल के तिल को चट से अपनी दुबली हथेली से ढाँप दिया, ठीक उसी तरह ओंठ टेढ़े कर वह कहने लगा–"ईश्वर ने तुम्हें यह दिठौना दिया है तिला कि किसी की नजर न लगे–"

ठीक ऐसे ही तो प्रतुल भी कहकर मुझे छेड़ता था–फिर तो वह एक-एक घटना सुनाता मुझे स्तब्ध कर गया। आज तक जिस स्मृति मंजूषा की चाबी केवल मेरे पास थी, मैंने कभी मुँह खोलकर किसी से कोई बात नहीं की थी, उसी को बड़ी दक्षता से खोल उसने मेरी सारी निधि मेरे सामने बिखेर दी–मुझे पाकर वह अपनी मृत्युतुल्य यंत्रणा को भी भूल गया था–दो वृद्धों की आश्चर्यचकित दृष्टि, हमें पर्दे की दरार से देख रही हैं–उसका भी हमें ध्यान नहीं था–कभी किसी स्मृति का उल्लेख उसे गुदगुदाता और कभी मुझे, कभी हम दोनों एकसाथ ठठाकर हँस पड़ते–बड़ी देर बाद खाँसते-खँकारते दोनों मित्र, एकसाथ कमरे में आए, जैसे अकेले आने का साहस न हो रहा हो–

"बड़ी रात हो गई है बेटी–अब तुम आराम करो, बगल के कमरे में हमने तुम्हारे सोने का प्रबन्ध कर दिया है–अब हम दोनों इसे देखेंगे–"

"नहीं," उग्र स्वर में उनके बेटे ने उन्हें डपट दिया–"कोई नहीं सोएगा यहाँ–तिला ही मेरे पास सोएगी–क्यों है ना तिला?"

सहसा दोनों वृद्धों की उपस्थिति मुझे यथार्थ के धरातल पर खींच लाई—मैं शर्म से कट गई—क्या सोचते होंगे दोनों।

"आप दोनों सो जाएँ," फिर मैंने ही स्थिति सम्हाल ली थी—"मैं बैठी रहूँगी, मुझे रात जगने की आदत है। मुझे जगने में कोई कष्ट नहीं होगा।" दोनों सिर झुकाकर चले गए।

बड़ी देर तक फिर वह थककर चुपचाप पड़ा रहा, किन्तु उसने मेरा हाथ, एक पल को भी नहीं छोड़ा, कभी मेरे दोनों हाथ छाती पर धर लेता कभी अधरों पर—

"तिला," उसने पुकारा—इस बार मुझे उसकी बात सुनने, उसके ओंठों से कान सटाने पड़े।

"कुछ रिश्ते जन्म-जन्मांतर के होते हैं, जानती हो ना?"

"जानती नहीं थी पर आज जान गई हूँ।"

"विश्वास करती हो ना अब?"

"हाँ।"

"तब आओ मेरे पास सो जाओ तिला," उसने अपनी दुर्बल सींक-सी बाँहें एक बार फिर उसी तरह शून्य में फैला दीं।

"यहाँ आओ तिला, मेरे पास, मुझे कुछ नहीं दिख रहा है—तुम्हें एक बार छाती से लगा लूँ—"

इस बार मैंने एक पल का भी विलम्ब नहीं किया—लज्जा, संकोच, भय—मेरी सब भावनाएँ एकसाथ मर गईं—मैं उसके पार्श्व में लेट गई।

द्वार खुला था, दोनों वृद्ध कभी भी उसे देखने आ सकते थे—पर चिन्ता ही किसे थी?

पचास वर्ष की डॉ. तिलोत्तमा ठाकुर, जिसके अहंदीप्त सात्विकी व्यक्तित्व से दाढ़ी-मूँछवाले शोधछात्र भी थरथर काँपते थे, वह बेहया बनी, एक अनजान मृत्युपथ के यात्री को छाती से चिपटाए पड़ी थी—मेरा स्वयं कोई पुत्र होता तो शायद उसी की उम्र का होता—मेरे निकट आकर उसने अपना माथा, मेरे स्कंधकोटर में छिपा लिया जैसे बड़ी देर से माँ से अबोध शिशु अधैर्य से लिपटा जा रहा हो—

"तुम मुझे छोड़कर जाओगी तो नहीं तिला?"

"नहीं..." फिर वह मेरा उत्तर सुन, आश्वस्त होकर टुप्प से सो गया।

प्रकृति एकदम शान्त थी, बीच-बीच में झींगुर, ध्वनि झंकृत हो रही थी,

जैसे कोई सिद्ध सितारवादक, सितार के तारों पर मिजराब फेर रहा हो–

मैं साँस रोके चुपचाप पड़ी थी–न हिली, न डुली–इस भय से कि कहीं वह जग न जाए–फिर वह तड़पकर चीखा–अप्पा अप्पा–

जाने में उसे तब भी देर नहीं लगी थी, आज भी नहीं लगी–पलक झपकाते ही वह मेरी छाती पर माथा टिकाए अपनी यन्त्रणा से मुक्ति पा गया–क्या करूँ? उसके पिता को बुलाऊँ, नहीं, पिता-पुत्र का बिछोह देखने की न मुझमें शक्ति थी न साहस! मैंने एक बार उस हिमशीतल ललाट को चूमा, फिर उसी की चादर से उसका मुँह ढाँप, अपना बैग लिए, चोर की भाँति निकल गई।

घर पहुँची तो मेरा चेहरा देख आनन्दी बौरा गई–क्या हो गया था मुझे, कहाँ गई थी मैं? वह इशारों से पूछती ही रही–मैं ऐसी बुत बन गई जैसे कुछ समझ ही नहीं रही हूँ। उस दिन लगा गूँगी-बहरी संगिनी जुटाकर, विधाता ने मेरा कितना बड़ा उपकार किया था! कई रातों तक मैं फिर सो नहीं पाई। कायर की भाँति क्यों भाग आई थी मैं? उस शोकविह्वल पिता के प्रति, क्या मेरा कोई कर्त्तव्य नहीं था? पूरे दस दिनों तक, मैं अपनी देहरी पर दीया जलाकर रख आती थी–बहुत पहले मेरी विधवा ताई हमारे साथ रहती थीं, जब उनकी मृत्यु हुई तो बाबा दस दिनों तक, रोज दीया जलाकर रखते थे–"ऐसा क्यों करते हो बाबा?" मैंने पूछा था।

"इसे पाथेय श्राद्ध कहते हैं बेटा–यह प्रदीप मरनेवाले को यमद्वार तक प्रकाश देता है–"

किन्तु पाथेय प्रदीप जलाकर भी मेरा अपराधी चित्त शान्त नहीं हुआ और फिर मैं एक दिन जाकर, विनायक के पिता को अपने साथ ले ही आई।

"तुम तो मेरी कोई भी नहीं हो बेटी–क्यों ले जाना चाहती हो मुझे?"

"आपकी बहू हूँ मैं, अब आपको मेरे साथ चलना ही होगा–मन ऊबेगा तो चले आइएगा–आपका फार्म हाउस तो है ही–"

किन्तु, वे वहाँ कभी लौट नहीं पाए–मैं जहाँ भी जाती, उन्हें अपने साथ खींच ले जाती, उनका परिचय देती–"यह मेरे ससुर हैं।"

अच्छा ही हुआ जो उन्हें ले आई, बड़ा दुखद अन्त हुआ था उनका, वहाँ होते तो कौन देखता उन्हें? मधुमेह के रोगी थे, पैर की एक सामान्य ठोकर, ग्रैंग्रीन में परिणत हो गई, पूरी टाँग काटनी पड़ी, मैंने उनकी प्राणमन से सेवा

की पर जहर पूरे शरीर में फैल गया था—जाने से पहले वाणी चली गई थी पर मेरे दोनों हाथ पकड़, आँखों में जो आशीर्वाद मुझे दे गए, वही मुझे कृत-कृत्य कर गया।

मृत्यु से पहले, एक दिन जिद कर कचहरी जाकर अपना 'विल' बना गए थे, अपनी पूरी सम्पत्ति, अपना फार्म हाउस, पत्नी के गहने—सबकुछ मेरे नाम कर गए थे। इतने बड़े ऋण का बोझ मैं वहन नहीं कर सकती थी, पर उनसे कुछ कहती तो उन्हें दुख होता। इसी से अभी जाकर, उनके फार्म हाउस की चाबी, उनके विपत्ति के सखा राघवन शास्त्री को सौंप आई हूँ—अब आप ही रहेंगे यहाँ। मैंने यह फार्म हाउस आपके नाम ट्रांसफर कर दिया है।

उनके शेयर, बैंक की सम्पत्ति, यूनिट सबका ट्रस्ट बना, उसी हॉस्पिटल को दे दिया जिस कुटिल रोग ने उनके इकलौते पुत्र के प्राण लिए, शायद उनका वैभव, किसी ऐसे ही अभागे रोगी की यंत्रणा कुछ कम कर सके। उसी ट्रस्ट की कुछ औपचारिकताएँ पूरी करने आई हूँ, कल लौट जाऊँगी—

तब ही ऐयर होस्टेस का तीखा स्वर हमें तटस्थ कर गया—

"हमारा विमान कुछ ही पलों में बम्बई उतरनेवाला है—कृपया अपनी कुर्सी की पेटी बाँध लें और धूम्रपान न करें।" हम दोनों एकसाथ ही खड़ी हुईं—एकसाथ ही उतरीं। मैं अपना बैगेज लेने मुड़ी—यही सोचती रही कि वह तो पीछे-पीछे आ ही रही है, किन्तु मैं तो भूल ही गई थी कि वह सर्वस्व त्यागिनी तो फालतू बैगेज से मुक्ति पाने ही यहाँ उतरी है, कन्धे पर एक बैग लटकाए आई थी, वैसे ही चली गई—यह भी कैसी विडम्बना थी कि न वह पूछ पाई मैं बम्बई में कहाँ रहती हूँ, न मैंने ही पूछा कि किस शहर के, किस फ्लैट की देहरी पर तूने पाथेय प्रदीप जलाया तिला—

किन्तु इतना जानती हूँ कि किसी भी शहर की, किसी भी द्वार की देहरी पर उसने वह दीया जलाया हो—उसकी निष्कम्प लौ, पिता-पुत्र दोनों के मृत्युपथ को अनन्तकाल तक आलोकित करती रहेगी।

बन्द घड़ी

माया ने छाया जीजी को हरे पर्दे खिसकाकर देखा, दूर-दूर तक कोहरा फैल गया था। अँधेरे में चमकती-छिपती रोशनियाँ, जुगनू-सी दप-दप दमक रही थीं। गरजते मेघों का तर्जन सुनकर लगता था कि पानी बड़े वेग से बरसेगा। "अभी तक जीजी हॉस्पिटल के राउंड से नहीं लौटीं। क्या पता किसी कमबख्त को दर्द उठ आया हो? बच्चे कब के स्कूल से लौट आए होंगे।" झुँझलाकर माया ने छाता उठा लिया और जीजी के खानसामे से बोली, "जीजी से कहना, मैं आई थी। मैं बड़ी देर रुकी रही। कल फिर आऊँगी।" कोहरा चीरकर वह घर की ओर चल दी, "कितनी अच्छी पिक्चर आई थी : 'लव इन दी आफ्टरनून' और जीजी ने सब चौपट कर दिया—कल का दिन बीच में है, परसों फिर उसके पैरों में बेड़ियाँ पड़ जाएँगी। बुध को लौटेगा गिरीश। खैर, कल सही—कल जीजी को फिर कोई निगोड़ी मरीज न बाँध बैठे।"

घर पहुँची तो गोल कमरे की बत्ती जल रही थी। रानीखेत की हिमशीतल बयार और हृदय के आतंक ने उसे कँपा दिया—तो क्या लौट आए हैं? वह भीतर गई ही थी कि सोनिया भागती हुई उससे लिपट गई "मम्मी", वह फुसफुसाकर बोली, "पापा दौरे से लौट आए हैं, मूड बहुत खराब है। इत्ता खराब।" वह अपनी नन्हीं-सी बाँहों को शून्य में फैलाकर पिता के भयंकर मूड का घनत्व बतलाने लगी। "बाई गॉड ममी, ड्राइवर से बोले, सूअर का बच्चा और..."

"अच्छा-अच्छा, बस कर।" माया ने झुँझलाकर उसे अपने से अलग कर कहा।

इसी बीच गुसलखाने का द्वार खुला, द्वार क्या खुला कि सर्कस के शेर का पिंजड़ा खुल गया, "अच्छा कहिए, घूम आईं। जानलेवा घाटियों पर जीप

दौड़ाकर इंसान घर आता है तो एक प्याली चाय का ठिकाना नहीं—जाइए न, और घूम आइए।'' गिरीश ने उसे क्रूर दृष्टि से चीरकर रख दिया।

अपनी शान्त दृष्टि से पति का व्यंग्य और क्रोध झेलकर माया बोली, ''घूमने नहीं, छाया जीजी के यहाँ गई थी।''

''बड़ी कृपा की।'' गिरीश ने स्वर का बाण मारा और अखबार उठाकर पढ़ने लगा।

डबडबाई आँखें पोंछकर माया चौके में जाने लगी तो 'ममी-ममी' कहता दो वर्ष का अतुल पैरों से लिपट गया। उसके पीछे कूदता-फाँदता ऐल्सेशियन रौस्ट्री आ गया। उसकी कूदाफाँदी से पीतल का फूलदान झन-झनकर गिरा। अखबार हटाकर गिरीश ने एक लात रौस्ट्री को जड़ दी और गरजकर बोला, ''भाग जा हरामजादे, दो मिनट तो कहीं शान्ति से बैठने को मिले।''

सहमकर क्षणभर में पूरा परिवार बिखर गया। माया आकर अतुल बाबा को ले गई, 'बाप रे बाप! साहब हैं या बम का गोला।' वह मन-ही-मन बुदबुदाई। माया ने चट गुसलखाने में जाकर द्वार बन्द कर लिए। सहमी सोना अपनी होमवर्क की रफ कॉपी में भयंकर दैत्याकृतियाँ बनाकर लिखने लगी, 'पापा इज ए डेविल।' 'पापा भूत हैं।' 'पापा इज ए बिग फैट डेविल'। प्रतुल अपने मित्र के यहाँ अंग्रेजी गाने के रेकार्ड सुनने गया था, तंग मुहरे की पैंट की जेब में हाथ डालकर मस्तानी चाल से गुनगुनाता भीतर घुस आया, 'लिपस्टिक ऑन योर कालर' गिरी मेज और बिखरे फूलदान को बिना देखे ही कंठस्वर तीव्रतर करता वह बढ़ता गया। सहसा कोने की कुर्सी पर पापा को देखा तो साँप सूँघ गया।

''अक्खाह, आइए प्रिन्स ऑव वेल्स।'' व्यंग्य के तीखे स्वर में पापा बोले, ''कहिए, कितनी पिक्चर देखीं? यह लिपस्टिकवाला वाहियात गाना भी उसी पिक्चर का है क्या?''

''न पापा, यह तो बिनाका 'टॉप हिट' है।'' रुँआसा-सा होकर प्रतुल बोला।

''क्यों नहीं, क्यों नहीं! बाप साला हड्डियाँ तोड़कर पैसा कमाता है कि लाड़ले यही हिट सुनें। चल, ये जनानी चूड़ीदार-सी पैंट बदलकर आ। बेशरम जमाना बोल रहा है, बाप के सामने बेहूदे गाने गाए जाते हैं। चल, हिसाब की कॉपी लेकर बैठ। इनकी उमर में हमें चक्रवर्ती की अंकगणित जीभ की नोक पर थी, पर इनसे पूछिए सोलह का पहाड़ा, तो साफ। हरामी स्कूल के

मास्टर और दो अंगुल बढ़कर ये छोकरे।" सहमकर प्रतुल पैंट बदलने चला गया।

गिरीशचन्द्र शर्मा अपने विभाग का सबसे सम्मानित एवं ख्यातिप्राप्त इंजीनियर था, दुर्गम पहाड़ों के वक्ष चीरकर नई-नई मोटर रोड बनाने का भार इसी से उसे सौंपा गया था किन्तु लोहे का पुल और बड़े-बड़े पहाड़ डायनामाइट से उड़ाकर चौड़ी सुगम सड़क बनाने की प्रणाली वह अपने व्यक्तिगत जीवन में भी खींचकर लाना चाहता था। कठोर अनुशासन ममता और वात्सल्य की डोर को चतुर चूहे की भाँति भीतर-ही-भीतर कुतरे जा रहा था, इसका उसे ध्यान ही नहीं था। इसी से वह दौरे पर जाता तो घर में शहनाइयाँ बजने लगतीं, अत्ती को आया को सौंप माया जीजी के यहाँ चली जाती। घंटों दोनों बहनें गप लड़ातीं और दिन डूबे माया घर लौट आती तो सोचती, 'हाय छाया जीजी, कितनी सुखी हैं! न बच्चों की चें-पें, न पति की झिड़कियाँ। काश, मैं छाया जीजी होती!' और छाया सोचती, 'हाय, माया कितनी सुखी है, फूल-से बच्चे और कार्तिकेय का-सा सुन्दर पति। काश, मैं माया होती!' छाया थी साँवली, देखने में अति सामान्य किन्तु पढ़ने में प्रखर बुद्धि। इसी से वह बन गई डॉक्टर और माया थी सुन्दरी, भावुक, शरीर और मन दोनों से दुर्बल। सिविल सर्जन पिता की लड़ैती पुत्रियाँ बड़े दुलार में पलकर बड़ी हुई थीं। माया नाजुक और छोटी होने के कारण पिता के बहुत मुँह लगी थी इसी से बड़े यत्न से उसके लिए वर-चयन किया गया था।

गिरीश रुड़की इंजीनियरिंग कॉलेज का मेधावी छात्र था। लाखों में एक जानकर ही उसके सम्पन्न श्वसुर ने उसे चुना है, यह वह जानता था। किन्तु उनका धन-वैभव उसके व्यक्तित्व को मोलतोल की डोर में कभी नहीं बाँध सकेगा, यह उसने एक प्रकार से स्पष्ट कर दिया। दोनों का व्यक्तित्व नहले पर दहला था, झड़प होती तो माया और गिरीश साँप और नेवले की भाँति आमने-सामने खड़े हो जाते। जय-पराजय का लेखा कब किसके पल्ले रहा, कोई जान भी न पाता। माया थी भावुक, गिरीश को भावुकता से चिढ़ थी। माया को शोख रंग की साड़ियाँ पसन्द थीं, कभी-कभी लिपस्टिक भी लगा लेती, तो गिरीश कहता, "चूहा मारकर खून लगा लो न ओठों पर, और अच्छी लगेगी।" माया जल-भुनकर रह जाती। माया को रोस्ट चिकन चिंचोड़ने में स्वर्गीय आनन्द आता और गिरीश को गोश्त देखकर उबकाइयाँ आती थीं।

छाया जीजी कभी बड़ी चेष्टा और चातुर्य से छोटी बहन से बातें उगलवा

लेतीं, "हद है यह गिरीश! अजब कसाई है, गोया बाप नहीं हौआ हो गया! कल ही कहूँगी मैं।" वह कहतीं, पर मन-ही-मन वह स्वयं उस मान-मनौवल के लिए तरसकर रह जातीं। कैसे अमूल्य होते होंगे वे मान-अभिमान के मधुर क्षण! वह रूठना, वह मनाना उसके जीवन में आकाश-कुसुम-चयन-सम रहेंगे।

उधर गिरीश उससे मन-ही-मन चिढ़ उठा। जब से छाया की बदली रानीखेत हो गई, माया एकदम ही पराई-सी हो गई थी। पति-पत्नी में बोलचाल 'हाँ-हूँ' तक ही सीमित थी। निरंकुश स्वेच्छाचारी सम्राट् की भाँति गिरीश ने शासन की बागडोर, अव्यवस्था के भय से और कड़ी कर दी। खाने की मेज पर सब किलकते, पर गिरीश के आते ही अनुशासन का कठोर मेघ-सा छा जाता। यन्त्रवत् कौर निगलकर सब चुपचाप उठ जाते। मेज पर लगे कहकहे, चुहलबाजियाँ जैसे सब भूल गए। ममी और पापा के सामान्य से झगड़े ने भीषण रूप धारण कर लिया। नन्हें मासूम भोले चेहरे बेरौनक हो गए, जैसे दुकान पर सजे बहुत पुराने खिलौने हों। घर की झुँझलाहट बाहर निकलने लगी। मेमसाहब महरी और आया से बेमतलब उलझने लगीं। उधर दफ्तर के हेडक्लर्क और चपरासियों पर साहब जरा-जरा-सी बात पर बरसने लगे। एक तो मार्च का महीना, बिलों और फाइलों का अम्बार, उधर पत्नी और बच्चे मोर्चा बाँधकर अलग हो गए। ममी और पापा के झगड़े में बच्चों की सहानुभूति ममी के साथ देख गिरीश जलभुन बैठा। उसने अत्याचारों की झड़ी लगा दी, पराँठे बनते तो फुलके माँगता। पहले मूँग की दाल से कोसों दूर भागता, अब दिन-रात मूँग की दाल की फरमाइश होती। खाकर झनाक से थाली पटक देता, कभी झनक से गिलास! उधर क्रोध और झुँझलाहट से भरी माया चौके से ही चिमटे और सँड़सी का जलतरंग बजाकर प्रत्युत्तर देती। ऐसी बाढ़ आ गई, जिसका कूल-किनारा नजर नहीं आता था। लगता था, क्रोध की नदी हरी-भरी गृहस्थी को निगलकर ही मानेगी।

एक दिन माया हल्दी की पुड़िया खोलकर सँभाल रही थी कि पुड़िया के कागज पर दृष्टि दौड़ गई। फटे अखबार का पृष्ठ था : "बीस वर्षीया स्त्री की दुःखद मृत्यु। घर के झगड़े से ऊबकर बीस वर्षीया मिसेज खेर ने कल मिट्टी-तेल डालकर आत्महत्या कर ली।" डूबते को तिनका मिला, क्षणभर की यातना और वह सदा के लिए मुक्त हो जाएगी। आज ही वह यह संकल्प

पूरा करेगी। माया की आँखें चमक उठीं। खूब सबक मिलेगा बच्चू को! अकल ठिकाने आ जाएगी। जरा रख तो लें धोबी और दूध का हिसाब! चला तो लें घर-खर्चा, जान लेंगे बच्चू कि कै बीसी सैकड़ा होते हैं! एक रात अतुल बीमार पड़ जाए तो छठी का दूध याद आ जाएगा! पर सहसा मातृहीन अतुल की काल्पनिक बीमारी की आशंका ने पति के प्रति प्रतिहिंसा की ज्वाला पर ठंडा पानी गिरा दिया। माँ के गले का हार पकड़े बिना अतुल दूध की बोतल मुँह में नहीं लेता। एक दिन उसे छाया के यहाँ से लौटने में देर हो गई थी, तो 'ममी ममी' चीखकर उसे बुखार हो आया था। सोनिया को स्कूल जाने से पूर्व, माँ से लिपटकर नित्य दो आने वसूल करने की कुटेव है। एक आने का वह आम का पापड़ लेती है और एक आने की खट्टी-मीठी गोली! और उसके सौ-सौ लाड़ों का लड़ाया प्रतुल! महीने में दस अंग्रेजी कॉमिक पढ़े बिना उसे पेचिश हो जाती है, घर के डेफिसिट बजट को खींच-खींचकर उसके पेचिश की दवा भी माया को ही जुटानी होती है। स्वयं गिरीश! कितना ही गरजे और तरजे, पर माया के बिना मणिहारा सर्प-सा व्याकुल हो उठता है सो?

हुँ, जाएँ भाड़ में सब! मान-अभिमान से माया की छाती फूल उठी। अपनी काल्पनिक मृत्यु पर स्वयं ही उसकी रुलाई फूट पड़ी। सोनिया लौटेगी तो देखेगी नित्य की भाँति ममी चाय की मेज पर नाश्ता सजाए खड़ी नहीं है! बड़ी-सी चादर से उसकी लाश ढँक दी गई है। अपराधी गिरीश विषाद से काला चेहरा लिये कुरसी पर स्तब्ध बैठा है। अतुल आकर माँ की लाश से चिपटकर कहता, 'ममी उतो' तभी अपने को रोक नहीं सकता गिरीश! फुक्का फाड़कर रो उठता है, "माया इतनी बड़ी सजा क्यों दे गई?"

परम सन्तोष से माया ने मिट्टी-तेल की बोतल पकड़ ली। सहसा माया को याद आई, छाया जीजी ने उसे नई आलिव ग्रीन साड़ी लेकर दी। एक दिन भी तो नहीं पहनी उसने! क्यों न आज अन्तिम बार पहन ले? माया ने मुँह धोया, नई साड़ी पहनी, जूड़ा बनाया, सफेद माथे पर बड़ी जतन से बिन्दी धरी और अन्तिम बार शहीद की करुण दृष्टि से अपना मोहक प्रतिबिम्ब आईने में देखा। एक बार, केवल एक बार अतुल को देखने की इच्छा बलवती हो उठी। धीरे-धीरे वह दबे पैरों से गोल कमरे तक गई। अकेला बैठा अत्ती बूटपालिश की डिबिया को फर्श पर लुढ़का रहा था और भाग-भागकर मुँह में दबाकर रौस्ट्री उसे फिर-फिर नन्हें मालिक के चरणों पर रख रहा था।

दोनों हाथों से तालियाँ बजाकर, किलकारियाँ मारता अतुल फिर उसे पहिए की भाँति लुढ़का दे रहा था। पुत्र की क्रीड़ारत छवि को डबडबाई आँखों में भरकर माया देहरी से ही लौट आई! घड़ी में दो बजे थे, तीन बजे बच्चे लौट आएँगे। इससे पहले ही मन पक्का कर मुक्ति पा लेनी होगी उसे। मिट्टी-तेल की बोतल और दियासलाई लेकर वह गुसलखाने में घुसने को ही थी कि सहसा स्मरण हो आया, प्रतुल सुबह कह गया था, "ममी, मेरी सफेद कमीज में बटन टाँक देना, मुझे डिबेट में जाना है।" झुँझलाकर बाहर निकली और कमीज निकालकर बटन टाँकने बैठ गई। कभी याद करेगा, ममी के हाथ का टँका आखिरी बटन। बेसमझ आँखें फिर बरसने लगीं। अतुल की किलकारियाँ और नन्हीं-सी हथेली की तालियाँ उसके हृदय पर घन की-सी चोटें कर रही थीं। पर अब नहीं रुकेगी वह, बाथरूम में घुसकर कुंडी चढ़ाएगी, और...

पर क्या इतनी सुन्दर आलिवग्रीन कांजीवरम पर मिट्टी-तेल छिड़कना बुद्धिमानी होगी? क्यों न कोई फटी-सी इकलाई पहन ले। "इसे कभी सोनिया पहनेगी।" एक लम्बी साँस खींचकर उसने सोचा। वह सोच ही रही थी कि गिरीश का स्वर आया, "अरे दुष्ट, यह क्या लंगूर-सी शकल बना ली है? ओ हो हो हो!" और पति का वही चिरपरिचित उन्मुक्त हास्य जिसे वह प्रायः भूल ही गई थी। स्नेहमयी वात्सल्यपूर्ण झिड़की ही थी, क्रोध का लेश भी न था उसमें, "हत् तेरी नानी की दुम! क्या चेहरा बना लिया है रे भूत!"

"क्या किया पापा?" सोनिया और प्रतुल का स्वर था, साथ ही पिता और बालकों का सम्मिलित राशिभूत अट्टहास! चट् मिट्टी-तेल की बोतल कोने में पटक वह बाहर निकल आई! घड़ी में अब भी दो ही बजे थे। सर्वनाश! तो क्या घड़ी बन्द थी? कान के पास घड़ी ले जाकर देखा तो सचमुच घड़ी बन्द थी। चाय का पानी भी तो नहीं चढ़ाया था उसने! इतने में ही अतुल को कन्धे पर बिठाकर गिरीश आ गया, उसके पीछे प्रतुल, सोनिया और सबके पीछे दुम हिला-हिलाकर नन्हें मालिक के अनुपम कला-चातुर्य की दाद देता रौस्ट्री!

बादलों को चीरकर जैसे सहसा तरुण चन्द्र की धौत चन्द्रिका म्लान वनवनान्त को रँग जाती है, ऐसे ही पुत्र को देख मधुर हास्य से माया का वेदना-विकीर्ण म्लान-मुखमंडल उज्ज्वल हो उठा। पति के कन्धे पर बन्दर का-सा चेहरा बनाए श्री अतुलचन्द्र शर्मा विराजमान थे—बूटपालिश की काली डिबिया से उसने अपने चन्द्रमुख को नाना आकार के त्रिपुंड़ों से शोभित कर

लिया था और अपने दो दाँतों की अनुपम छटा बिखेरते फक-से मुस्करा रहे थे। पति की ओर देखकर माया ने आँखों ही आँखों में सन्धिपत्र पर हस्ताक्षर कर दिए। माया को देखकर अतुल उसकी गोद में आने को मचलने लगा। बाँहें फैलाकर माया उसे लेने लगी तो पति के कन्धे से उसका हाथ छू गया। बच्चों की दृष्टि बचाकर गिरीश ने उसकी बाँह में चिमटी काट दी। 'उफ' माया ने स्नेहपूर्ण कटाक्ष से गिरीश की ओर देखकर अतुल को गोद में ले लिया और मन-ही-मन सोचने लगी, 'कैसी नासमझ हैं छाया जीजी! कहती थीं तेरा पति कसाई है—कसाई भला ऐसी स्नेहभीनी हरकतें कर सकता है!'

"देख तो सोनी, घड़ी में क्या बजा है, सवा चार बजे मुझे एक मीटिंग में जाना है।" गिरीश ने कहा।

भागकर सोनिया घड़ी देख आई, "हाय पापा, कैसी कनस्तर घड़ी है, जब देखो तब बन्द! उसमें तो दो ही बजा है। यह देखिए।" सच घड़ी में अब भी दो ही बजे थे।

माया ने कृतज्ञता-कातर दृष्टि से बन्द घड़ी को देखा। उसे लगा जैसे उस बन्द निर्जीव घड़ी से सुन्दर अन्य कोई वस्तु संसार में हो ही नहीं सकती!

●●●